東野圭吾

Higashino Kei

陳姿瑄／

歪笑小說

歪笑小說

Contents

由不屈的堅持所淬煉出的奇蹟

總導讀——林依俐

如果你問我，東野圭吾是位什麼樣的作家？

我會回答你，他是位不幸的作家。

你一定會覺得奇怪，光是以《嫌疑犯X的獻身》（二〇〇五）一書，便幾乎囊括了二〇〇六年日本推理文學相關獎項，同書在日本的銷售量更是打破二百八十萬大關的「暢銷作家」東野圭吾，怎會有什麼不幸可言？

在說明之前，請讓我先簡單介紹一下東野圭吾這位作家。

東野圭吾一九五八年生於大阪，大學畢業後進入汽車零件製作公司擔任工程師。由於希望在工作以外，也能在私生活之中有個較為不同的目標，所以開始著手撰寫推理小說，投稿日本推理文學代表性的公開徵選長篇小說獎「江戶川亂步獎」。

這並不是東野第一次寫推理小說。早在他十六歲的時候，由於看了小峰元的作品《阿基米德借刀殺人》（一九七三，第十九屆江戶川亂步獎作品）大受感動，之後又讀了松本清張的《點與線》（一九五八）、《零的焦點》（一九五九）等作品。一頭推理熱的他便曾試著撰寫長篇推理小說，而且第一作還是以重大社會問題為主題。然而由於完成於大學時期的第二作被周遭朋友嫌棄，「寫小說」這件事便從他的生活之中消失了好一陣子。

而獲得亂步獎的夢想讓東野重拾筆桿。在歷經兩次落選後，他的第三次挑戰——以發生在女子高中校園裡的連續殺人事件為主軸展開的青春推理《放學後》（一九八五）——成功奪下了第三十一屆江戶川亂步獎。之後他很快地辭了工作，前往東京致力於寫作。自從一九八五年《放學後》出版以後，東野圭吾幾乎是每年都會有一到三部甚至更多的新作問世。他不但是個著作等身的多產作家，其筆下的內容也橫跨了推理、幽默、科幻、歷史、社會諷刺等，文字表現平實，但手法卻絲毫不拘泥於形式，多變多樣。

看到這裡，如果你對於近年的日本推理有一定程度的了解，或許你會聯想到宮部美幸——多采的文風、平實的敘述、充滿令人訝異的意外性；但是在兩者之間卻又有著決定性的不同。

那就是——相對於宮部美幸出道約二十年來，陸續囊括高達十項的日本各式文學獎，筆下著作本本暢銷；東野圭吾卻是一直與日本的各式文學獎項擦肩而過，且真正開始被稱為「暢銷作家」，也是出道後過了十多年的事。

實際上在《嫌疑犯X的獻身》同時獲得直木獎與本格推理大獎，並且達成日本推理小說三大排行榜——「這本推理小說了不起！」、「本格推理小說BEST10」、「週刊文春推理小說BEST10」——前所未有的三冠王之前，東野出道二十年來所寫下的六十本小說（包含短篇集）裡，除了在一九九九年以《祕密》（一九九八）一書獲得第五十二屆日本推理作家協會獎之外，其他作品雖然一再入圍直木獎、吉川英治文學新人獎等獎項，卻總是鎩羽而歸。

在銷售方面，他也不是那種只要出書就大賣的暢銷作家。在打著「江戶川亂步獎」招牌的出道作《放學後》創下十萬冊的銷售紀錄之後（江戶川亂步獎作品通常都能賣到十萬冊），整整歷經了十年，東野才終於以《名偵探的守則》（一九九六）打破這個紀錄，而眞正能跟「暢銷」兩字確實結緣，則是在《祕密》之後的事了。

或許是出道作《放學後》帶給文壇「青春校園推理能手」的印象過於深刻，東野圭吾本人雖然一直想剝下這個標籤，過程卻不太順利。書評家們往往不是很關心他在寫作上的新挑戰。這也難怪，在東野出道後兩年，也就是一九八七年，以綾辻行人等年輕作家爲首，提倡復古新說推理小說的「新本格派」盛大興起。從文風與題材選擇看來，東野圭吾作品用字簡單，謎題不求華麗炫目，內容既不夠社會派又不像新本格，自然不會是書評家們熱心關注的對象。

就這樣出道十餘年，雖然作品一再入圍文學獎項，卻總是未能拿到大獎；多少有機會再版，卻總是無法銷售長紅；傾注全力的自信之作，卻連在雜誌的書評欄都占不到個像樣的位置。

所以我才會說，東野圭吾是個不幸的作家。說眞話這何止是不幸，實在是坎坷，簡直像是不當的拷問。

在獲得江戶川亂步獎後，抱著成爲「靠寫作吃飯」之職業作家的決心，東野圭吾辭去了在大阪的穩定工作來到了東京。這個決定使得他沒有退路，不管遭遇什麼樣的挫折，都只能選擇前進。於是只要有機會寫，東野圭吾幾乎什麼都寫。

二〇〇五年初，個人有幸得以見到東野圭吾本人並進行訪談時，曾經談到關於他剛出道不久時，在推理小說的範疇內不斷挑戰各式題材時期之心境。他是這麼回答的：

「那時的我只是非常單純地覺得自己必須持續寫下去，必須持續地出書而已。只要能夠持續出書，就算作品乏人問津，至少還有些版稅收入可以過活；只要能夠持續地發表作品，至少就不會被出版界忘記。出道後的三、五年裡，我幾乎都是以這種態度在撰寫作品。」

不過畢竟是背負著亂步獎的招牌出道，畢竟是身處日本泡沫經濟蓬勃、推理小說新風潮再起的八〇年代後半至九〇年代，向其邀稿的出版社當然也都希望東野圭吾能夠以「推理」爲主題書寫。配合這樣的要求，以及企圖擺脫貼在自己身上那「青春校園推理」標籤的渴望，東野嘗試了許多新的切入點，使出渾身解數試著吸引讀者與文壇的注意。於是古典、趣味、科學、日常、幻想，在他筆下似乎沒有什麼題材不能入推理，似乎沒有題材不能成爲故事的要素。或許一開始只是爲了貫徹作家生活而進行的掙扎，但隨著作品數量日漸累積，曾幾何時也讓東野圭吾在日本文壇之中，確實具備了「作風多變多樣」這難以被輕易取代的獨特性。

是的，東野圭吾是位不幸的作家。但也因此我們才得以見到，那些誕生於他坎坷的作家路上，由歷經幾多挫折仍不屈的堅持所淬煉而成，在簡素之中卻有著數不清面貌的故事。以讀者的角度而言，能與這樣的作家共處同一個時代，還真是宛如奇蹟一般的幸運。

在推理的範疇裡，東野圭吾從不吝惜挑戰現狀。從初期以詭計為中心的作品，漸漸發展出許多具有獨創性，甚至是實驗性的方向。其中又以貫徹「解明動機」要素（WHYDUNIT）的《惡意》（一九九六）、貫徹「找尋兇手」要素（WHODUNIT）的《誰殺了她》（一九九六）、貫徹「分析手法」要素（HOWDUNIT）的《偵探伽利略》（一九九八）三作，可說是東野在踏襲傳統推理小說元素之下，卻又充分呈現了屬於現代風貌的鮮麗代表作。

而出身於理工科系的背景，也讓東野在相較之下，比其他作家更擅長消化並駕馭以科技為主軸的題材。像是利用運動科學的《鳥人計畫》（一九八九）、涉及腦科學的《宿命》（一九九〇）和《變身》（一九九一）、生物複製技術的《分身》（一九九三）、虛擬實境的《平行世界戀愛故事》（一九九五），還有之後以湯川學為主角展開的「伽利略系列」裡，東野都確實地將自己熟悉的理工題材，在分解組合後以最簡明的方式呈現在讀者眼前。

另一方面，如同「處女作是作家的一切」這句俗語所述，高中第一次寫推理小說便企圖切入當時社會問題的東野圭吾，由《以前我死去的家》（一九九四）中牽涉兒童虐待的副主題為開端，對於社會人心的描寫，似乎也成了他作家生涯的重要課題。例如以核能發電廠為舞臺的《天空之蜂》（一九九五）、試探日本升學教育問題的《湖邊凶殺案》（二〇〇二）、直指犯罪被害人及加害人家族問題的《信》（二〇〇三）和《徬徨之刃》（二〇〇四），都在在顯露出東野對於刻畫社會問題與人性的執著。

東野圭吾這種立足於推理，進而衍生至科技與人性主題上的寫作傾向，在發表於二〇〇五年的《嫌疑犯X的獻身》中，可說是達到了奇蹟似的調和，也因爲這部作品，在二〇〇六年贏得各種獎項，讓東野圭吾正式名列「家喻戶曉的暢銷作家」之列。加上這幾年來，東野作品紛紛電視電影化，他的不幸時代成爲過去，並站上前人未達之高峰。二十年來的作家生涯開花結果，創造了日本推理文壇近年來難得一見的奇蹟。

好了，別再看導讀了。快點翻開書頁，用你自己的眼睛與頭腦，去感受確認東野作品中理性與感性並存，而又如此引人入勝的獨特魅力吧！那將會勝於我在這裡所寫的千言萬語。

本文作者介紹

林依俐，一九七六年生。嗜好動漫畫與文學的雜學者。曾於日本動畫公司GONZO任職，返國後創辦《挑戰者月刊》並擔任總編輯，現任全力出版社總編輯，另外也負責線上共享閱讀平台ComiComi（http://www.comibook.com/）的企畫與製作總指揮。

傳說中的男人

1

確定分配到出版部的時候，青山打從心底感到高興。他從小到大的夢想就是經手最喜歡的推理書籍。他一次也沒想過要成爲小說家。他喜歡挖掘出有趣的推理小說，推薦給別人，再跟對方討論感想，這比什麼都讓他開心。在憧憬的職場上班的第一天，當青山東張西望時，一位瘦削的男性走過來問：「你有什麼事嗎？」

青山自我介紹，敘述自己在此處的緣由。男性帶著了然的表情點頭。

「你就是青山啊，我聽說過。我負責帶你，請多指教。」

男人名叫小堺。他看起來是個隨和的人。青山鬆了口氣。

「請您多多指教。」青山深深低下頭。

「那我們一起去見總編輯吧。」

「啊，好的。」他有點緊張。「總編輯是獅子取先生吧，就是那個有名人物。」

小堺停下腳步回過頭。他的眼睛好像發出光芒。

「沒錯，就是稱爲傳說中的編輯的人物。」

「據說他經手過好幾本暢銷書。」

小堺搖頭。「不是好幾本，是好幾百本。」

青山說不出話。那究竟是什麼樣的人？他開始害怕起這場會面了。

「別擔心。只要面對的不是作家，他就非常普通。」小堺微笑著邁開步伐。

青山被帶到吸菸室。一名戴眼鏡的短髮男性獨自在吸菸。他的體格壯碩，西裝有點緊繃。

「獅子取先生，這是從今天開始進入我們部門的青山。」

聽到小堺介紹，青山打了聲招呼：「請您多多指教。」

獅子取粗大的手指夾著菸，望向青山的臉，正確來說是打量青山全身上下。「你在學生時代做過什麼運動嗎？」

「運動嗎？國中的時候打過一陣子排球……不過馬上就沒打了。」

「排球啊。」獅子取露出遺憾的表情。「你擅長球類運動嗎？那高爾夫打得如何？」

「咦，高爾夫？」

「對，就是這種。」獅子取叼著菸，做出揮桿動作。

「沒有。」青山撓撓頭。「我沒打過。」

「這樣啊。那從今天開始特訓。」

「咦？」

「有個便宜的練習場。小堺，你帶他去。我會連絡平時那個課程教練。啊，還有，青山，盡快買好高爾夫球衣跟高爾夫球鞋。我會把我的高爾夫球桿給你，雖然是我用很久的舊球桿。」

「呃，不好意思，請等一下。爲什麼我要打高爾夫？」

獅子取好像無法理解這個問題的意思，不停眨著眼。

「還問爲什麼，你從今天起就要進入我們部門不是嗎？」
「是，我進了出版部。」
「既然如此，」獅子取說，「就得打高爾夫。」
「啊？」
「小堺，你跟青山說明一下平泉老師的事。」獅子取拿出手機，似乎有來電。「您好，我是獅子取。啊，老師，一直以來受您關照了。我現在剛好想聽聽老師的聲音……不是說謊，是眞的。我拜讀過老師這次的大作了。由於太過感動，我發了好一陣子的呆……您說這什麼話，我不是那種說得出客套話的人。我眞的、眞的大受震撼……咦？到銀座喝一杯？不錯呢，無論何時我都願意奉陪。」獅子丸大聲講著電話，就這樣走掉了。
當青山愣住時，小堺從懷裡拿出一張紙。「來，這個給你。」
「這是什麼？」
「看過就知道了。」
青山接過紙並攤開。他嚇了一跳，上頭寫著如下字句：
「第十二屆　與平泉宗之助老師共度高爾夫時光大會之通知」
平泉宗之助這行字讓青山不由得戰戰兢兢。他是大眾文學的權威人物。
「參加者中，有獅子取先生跟我的名字對吧。」
「啊，還眞的。原來小堺先生也要參加啊，請好好加油。」
小堺苦著臉。「問題是我現在腰受傷了，麻煩你代替我去。」

「咦，我嗎？」
「就在這禮拜五，麻煩你了。」
「什麼——」

2

禮拜五晚上，青山拖著渾身無力的身體先回公司一趟。他抱著沉重的球袋到出版部時，小堺正在電腦前用手機。
「哦，辛苦了辛苦了。如何？」
青山像是垮下來一般坐倒在子上。
「哪有什麼如何可言，我這輩子還是第一次精疲力盡到這種程度。根本打不到球，就算打中也不會往前飛出去，眞是倒楣透頂。我再也不打了。」
「說什麼話，打高爾夫球也是編輯的工作之一。不對，在某種層面上，說是最重要的工作也不爲過。對了，總編輯呢？」
「獅子取先生跟平泉老師一起去銀座了。」
「這樣啊。你和總編輯都跟平泉老師分到同一組吧，老師的心情怎樣？」
「好得不得了。早上不是這樣，但回去時心情大好。雖然桿數並沒有很好就是了。」
「老師打了幾桿？」
「呃，好像是101桿。」

「總編輯呢？」

「我記得是102桿，因爲他曾不甘心地大聲嚷嚷說他輸老師一桿。」

小堺彈個響指。「就是這個。」他這麼說，並指向青山。

「就是哪個？」

「你知道嗎，其實獅子取先生的技術是職業級的。無論狀況再怎麼糟糕，都不可能打超過100桿。」

「咦，意思是說，今天他是故意拉高桿數嗎？」

小堺深深點頭。「當然。光高爾夫球打得好，是無法得到作家歡心的。打出太好的成績，反而會有被討厭的危險。不過就算是這樣，打太爛也無法讓作家覺得有趣。一面讓作家心情好，一面讓他懷抱適度的競爭心——需要打到這種程度。當然，每個作家的技術都不一樣，必須隨之調整自己的桿數。這方面的分寸很難拿捏，但總編輯在這上面十分巧妙。今天你全副心力都只能放在自己身上，沒發現也說不定，不過只要作家失誤，他就會犯下更嚴重一點的失誤。這就是獅子取先生的應酬高爾夫。」

這麼說來，青山想起一件事。作家平泉連連打出界外球時，獅子取也一樣一直打出界外。

「這種程度對獅子取先生來說小事一樁。」聽完青山所言，小堺抱著胳膊說。「忘記什麼時候了，有位作家的球掉進沙坑而陷入苦苦纏鬥。你猜看到這一幕的獅子取先生做了什麼？他把自己上了果嶺的球，用一記嚴重失誤揮桿打進沙坑裡。」

「哦。」青山搖頭。除了敬佩，他已經沒有其他想法。
「根據獅子取先生說，編輯需要三個G。」
「三個G？」
「高爾夫（golf）、銀座（ginza）跟拍馬屁（gomasuri）。」小堺屈指數著。「他說只要有這三樣，剩下什麼都不需要。」
「咦，可是鑑賞小說的能力是必要的吧？如果沒有，不就無法發現好作品了嗎？」
小堺苦笑著說，你什麼都不懂。「你覺得好作品是什麼樣的作品？」
「當然是讓人讀過之後會受到感動的作品。」
「原來如此。那如果讓人讀過之後會受到感動，銷量不好也沒關係嗎？」
「咦？」
「讓人讀過之後會受到感動但賣不好的書，跟內容空洞卻大爲暢銷的書。哪一種對我們出版社更值得歡迎，不用說你也知道吧。我們必須推出能賣的書才行。那什麼樣的書會暢銷呢？有時是因爲內容出色而大賣，但這是無法計算的，能計算的是可以大賣的作家的書。只要出版稱爲暢銷作家的那些人的書，絕對可以預期賣到什麼地步。」
「這不是理所當然嗎？」
「沒錯，所以每個人都想拿到當紅作家的原稿。但作家的能力也有極限，不可能一部不漏地將作品交給所有人。無論如何都會變成以喜歡的編輯爲優先，這就是所謂的人情。你懂吧？」

「這個嘛，可以理解。」

「也就是說，」小堺豎起食指說，「討暢銷作家歡心的編輯，對出版社而言不就等於有用的編輯嗎？」

「這個……」思考片刻後，青山偏過頭。「或許是這樣沒錯。」

「不是或許是這樣，事實就是如此。獅子取先生就是這樣從人稱難以攻陷的作家手中得到原稿，建立起今天的地位，甚至稱爲傳說中的編輯。」

「那我這週六日就不讀原稿，練習打高爾夫球好了。」

他的本意是想開玩笑，但小堺露出非常認眞的表情點頭。

「這樣很好。你好好練習，爲下次的應酬高爾夫做準備。下週三要陪夏井老師，週五要陪玉澤老師。」

「呃，怎麼一天到晚打高爾夫……」

「不，不只是這樣。」小堺從桌子抽屜拿出一張A4紙。「輕田老師也提出邀約。我把你的名字寫進了參加者中，時間是下下週六。只有一半，所以應該不會太累。」

「一半？只打九洞嗎？眞稀奇。」

小堺露出愣住的表情。「你在說什麼？」

「不是在說應酬高爾夫嗎？」

小堺搖頭。「輕田老師不打高爾夫。我說的是馬拉松，指的是半馬。」

「什麼！」他的身子不禁後仰。「要我參加，難道我要跑步嗎？」

「當然。根據作家不同，興趣可能不是打高爾夫球，而是跑馬拉松或打網球。啊，對了，推理作家西口老師的興趣是溜滑板，你要好好練習。」

「滑、滑、滑板？」

「聽說老師不是隨便玩玩，必須在半管空翻一兩圈，你最好先做好覺悟，可能要保個保險比較好。獅子取先生之前頭下腳上掉下來，縫了五針。不過託此之福，拿到未曾公開發表的新作原稿。」

青山說不出話。為什麼非得做到這種地步不可？彷彿察覺他的心聲，小堺泛起意味深長的笑容。「不要露出窩囊的表情。配合作家的興趣還是開頭；跟著獅子取先生，你慢慢就會明白。」

3

看向時鐘，青山想時間差不多了。等待中的電車抵達時刻已經迫近。

青山等人此時在東京站的月台上，就是新幹線停靠的月台。有位作家要搭東北新幹線到東京，他們此行正是要前來迎接。那位作家就是花房百合惠，日本代表性的女性推理作家。她好幾部作品都成了暢銷作，現在依然紅得發紫。在文藝書籍銷量慘澹的這個時代，她對出版社來說是重要的作家之一。花房百合惠住在仙台，鮮少到東京，但為了出席今晚在東京都內舉行的文學獎宴會，她才會上京。

等待在此的是各出版社的責任編輯以及其上司，他們都負責花房百合惠的作品。灸英社派出的是青山跟小堺，此外獅子取先生也來了。各出版社人員加起來共二十多人，所有人都穿著黑西裝，這樣的身影散發出明顯別於一般公司員工的氣息。

「來了。」有個人這麼說。新幹線充滿特色的車輛逐漸駛近。

他們早知道花房百合惠搭乘的車廂。眾編輯一起聚集到上下車處附近。

「喂，你在發什麼呆。站前面一點。」小堺從背後斥責青山。

「咦，什麼意思？」

「待在後方的話，你來迎接的事豈不是可能根本沒殘留在老師記憶中嗎？總而言之，重要的是讓老師看到你的臉。」

「啊，原來如此。」青山望著前方。「所以獅子取先生才會占據最前排的位置啊。」

「總編輯待在那裡不單純是爲了讓老師看到臉，是要在包包爭奪戰中獲勝。」

「包包爭奪戰？」

「他要在列車門打開的同時衝進去，跑到花房老師的座位拿老師的行李。在這場比賽中獲勝的出版社，毫無疑問能奪得下一次的連載作品。」

「呃——可是這樣不會造成其他下車乘客的麻煩嗎？」

「這種事沒差啦，其他乘客又不是暢銷作家。」小堺冷冰冰地扔下這句話。

列車進入月台，緩緩停止後，車廂門打開了。他看見幾個編輯爭先恐後衝進去。一名準備下車的中年婦女被撞得差點摔倒，但沒任何人要扶她。沒上車的編輯呈扇形散開，等著迎接花房百合惠。下車乘客看到青山等人都嚇了一大跳。

不久，花房百合惠現身了，她戴粉紅色帽子、淺色太陽眼鏡以及身著粉紅套裝打扮。

「老師，辛苦您了！」有人打了招呼，依此爲信號，「辛苦您了」的聲音異口同聲地響起。但花房百合惠笑也不笑。何止如此，她環顧眾編輯後怒喝：「搞什麼東西！」

由於搞不清楚狀況，所有人都保持沉默。接著在下一刻，突然出現一道黑影滑進青山等人與花場百合惠之間。

「非常抱歉！」在女性作家面前下跪的不是別人，正是獅子取。他的脅下抱著粉紅色包包。看來他在包包爭奪戰中勝利了。

「眞的非常抱歉！」獅子取又說一次。「雖然不知道發生什麼事，但一切都是在下獅子取的責任！」

「來了。」小堺在青山耳邊細語。「那是獅子取先生的獨門絕招——滑行下跪。」

「滑……滑行？」

「作家心情不好的時候，搶在所有人前頭下跪的絕活。發怒的原因之後再說，總之先道歉，一個勁地道歉，如此一來道路就會敞開。這就是獅子取先生的想法。」

「哦。」

獅子取幾乎要把額頭貼到地面上，不斷對她道歉。看到這一幕，花房百合惠轉而露出困擾的表情。

「別這樣，獅子取先生，這不是你的錯。我是在對JR生氣。」

「JR？JR做了什麼嗎？」

「是啊，倒楣死了。其實——」

「這可不行！」獅子取迅速站起來。「趕快去抗議吧。喂，各位，我們去站長室。」

話一說完，他就抱著花房百合惠的包包邁出步伐。

無奈之下，青山他們也得跟過去。他完全無法預測後續會如何發展。

「這也是獅子取先生的拿手絕招。」小堺在旁邊說。「一弄清楚作家憤怒的矛頭並非指向自己，就先跟作家一起生氣。他會比作家更生氣，並前往抗議。明明完全不了解詳情，卻能如此眞心感到憤怒，在某種意義上眞是了不起的才能。」

青山從後方看著獅子取。對方渾圓腦袋上彷彿會冒出蒸汽，完全不像演技。

闖進站長室的獅子取大肆怒吼「你們把客人當成什麼了」、「員工教育怎麼做的」之後就與花房百合惠交換意見。她生氣是因爲有個乘客打翻啤酒，酒液流到她腳邊，她因此很不高興。JR因這種事遭到責備很令人同情，但站長不知道是不是被獅子取一開始怒氣沖沖的氣勢壓倒，低頭表達歉意。

「獅子取先生實在罵得太狠了，我開始覺得站長有點可憐。」走出站長室後，花房百合惠說。「其實沒必要罵成那樣的。」

「這樣啊。哎呀，不愧是老師，眞是心胸寬大，讓我學了一課。來，老師請往這邊走，我們有準備車子。請請請。」一副不容旁人搶走一樣，獅子取緊緊抱住花房百合惠的包包並爲她帶路。望著他的身影，青山只能滿心佩服。

4

青山分發到出版部之後，約一個月過去了。他已經充分了解到獅子取稱爲「傳說中的編輯」的理由。他的作法只可能受到作家喜愛，大概不會遭人討厭吧。要是有個即便犧牲一切也會以自己爲優先的人存在，不管是誰都會感到欣喜。而且無論做什麼，獅子取先生都不會選擇普通的作法。他總是會做出強烈殘留在對方印象中的表現。

前幾天也發生這樣的事。一位已逝的時代小說權威作家要做法事。那位作家的作品也在灸英社出版，現在仍以穩健速度再版；也就是說，這對灸英社而言也是重要活動，因此社長跟員工都出席了。青山跟小堺這種基層則派去當接待人員。

和尚誦經結束後，由作家的妻子領頭，所有人移動往墓地。而眾人在那裡看到的，是已經滿身大汗、正在擦拭墓碑的獅子取身影。

灸英社的社長出聲問「你在做什麼」。獅子取聞言後一臉慌張地離開墓碑，口中說著「非常抱歉」，在作家的妻子面前毅然做出滑行下跪。

「本來要在各位到前打掃完離去，但出乎意料地費時。我馬上離開，懇請您原諒。」

「哎呀，是這樣啊。辛苦了，你沒必要道歉，請抬起頭。請問貴姓大名？」作家的妻子問。

「是，我是灸英社出版部的獅子取。」

「獅子取先生是吧。我會記住。」

「是。」獅子取深深低下頭。所有人都說不出話。「本來要在各位到前離去」這種話想也知道是謊言。青山覺得獅子取的厲害之處，是無論什麼事都做得一點都不羞恥。即便是一般人會因爲常識、羞恥心等等而感到猶豫的舉動，他也毫不遲疑地行動。就算旁人看傻眼，他也不在意。他相信受到作家喜愛就贏了，而這樣的信念大概沒錯。

「會有哪個作家是獅子取先生拿不到原稿的嗎？」

聽到青山的問題，小堺歪過頭。「誰知道呢，應該沒有。那個人擁有獨特的嗅覺，他跟作家碰面談話的時候，好像會自然明白做什麼事可以討對方歡心。他擁有令人羨慕的才能。」

「眞的呢。」

當青山兩人談論這些事時，「喂，那邊那兩個，」獅子取喚道，「過來一下。」

青山跟小堺並排在總編輯座位前。獅子取開口：

「赤村老師，就是赤村滿女士的事情處理得怎麼樣了？她答應寫連載了嗎？」

「呃，這個嘛，」小堺扶住頭，「好像不可能。」

「好像不可能？爲什麼？」

「其實前任總編輯曾經惹怒赤村老師。在那之後，她就不肯在我們這邊寫東西了。」

「這算什麼啊，不要因爲這點小事就放棄。告訴她總編輯已經換人就行了吧。」

「我說了，但她表現得很冷淡……」

獅子取皺起眉頭。「赤村老師現在可是前五名的暢銷作家，也是下一屆直本獎最有力的候選者，怎麼可以拿不到這樣的人的原稿。」

「是，很抱歉。」小堺低頭道歉，青山在一旁同樣低下頭。

「沒辦法，我去見她。你幫我安排。」

「不，我覺得這也有困難。她說不會跟沒有預定要接工作的公司見面。」

「搞什麼，到底是被討厭到什麼地步啊。」

「總而言之，根本無計可施。」

獅子取低吟。「見不到面就什麼都做不到。難道沒什麼辦法嗎？」

「如果只是要見面，我想只要去宴會會場就行了。這禮拜四有新日本推理大獎的宴會。赤村老師是評審委員，應該會出席才對。」

「就是這個。到時候我會想辦法跟她談談。」獅子取用充滿幹勁的聲音說。

5

禮拜四下午六點半，青山等人在都內飯店的宴會場。頒獎典禮已經結束，終於到歡談的時間。

「總編輯，找到了。赤村老師在那裡。」小堺小跑步過來向獅子取報告。

「好，我要過去了。」一口氣喝光拿著的啤酒，獅子取開始移動。

赤村滿周遭圍起一道人牆。不愧是當紅作家，各式各樣的編輯排隊想跟她說話。

獅子取完全無視隊伍，撥開人群靠近赤村滿。青山身旁響起響亮的「嘖」聲。

「搞什麼，不要插進大家排的隊伍啦。」
「沒辦法，他是灸英社的獅子取沒錯吧。常有的事。」
獅子取不可能沒聽到這些流言蜚語，但他無視一切不停前進，終於抵達赤村滿身旁。
「抱歉抱歉，請借過一下。啊，占用您一點時間可以嗎？赤村老師，初次見面。這是我的名片。哎，我拜讀過老師的新作了，還是那麼出色，我非常感動。而且最後的翻轉太讓人驚訝了，寫得眞是精采。」一面遞出名片，獅子取滔滔不絕。
短髮，膚色偏黑，長相讓人莫名聯想到蜥蜴的赤村滿目光落到名片上，轉變成明顯失去興趣的表情。「是哦，謝謝。」她說得冷淡，將名片扔進皮包。她接著看起來準備跟其他編輯談話。
但獅子取將身體用力擠進那位編輯與赤村滿之間。
「老師，聽說老師您很擅長游泳，其實我也是。如何，下次要不要一起去哪邊游泳呢？無論到哪裡我都會奉陪。還是說，要不要包下哪邊的泳池呢？」
「不用了，我喜歡一個人游泳。能不能麻煩你讓開？」
「那戲劇如何呢？我聽說老師的興趣是看戲。您有沒有想看的戲呢？無論哪場戲的票，我們都可以爲您準備。」
「眞囉嗦，我也喜歡一個人看戲。總而言之，請不要擋在那裡！」
遭到赤村滿斥責，獅子取終於退下。
「看吧，」小堺說，「無處著手對不對？」

但獅子取淡淡一笑。「不，也並非如此。有希望。」

「咦，可是在我看來完全不是這麼一回事。」

「所以才說你們沒用啊。眞希望有機會再跟她說一次話。」

「請等一下。」小堺說完就離開了。幾分鐘後，他拿著一張紙回來。

「好消息。聽說得獎者要續攤，赤村老師似乎會出席。」

「這樣啊。好，我們也硬湊一腳。」獅子取握緊拳頭。

約兩小時後，青山等人在續攤地點的酒館。由於人潮眾多，就連確保可以待的地方都有困難，青山跟小堺費盡力氣坐到吧檯的邊緣。然而不知道出於什麼考量，獅子取竟然與赤村滿坐同一張桌子。

即便人聲嘈雜，唯有獅子取的聲音聽得清清楚楚。

「哎呀，赤村老師對洋裝跟首飾的眼光眞的都很好。爲什麼這麼適合您呢，難道您有請造型師嗎？咦，沒有？所以是自己挑選啊，太厲害了。就是因爲這樣的品味，才寫出如此出色的小說吧。不，不對，不是這樣呢。老師本身就身材出眾，所以不管穿什麼都很適合。對，對，肯定就是這樣。哎呀，這樣謎團就解開了，眞的。」就連一般人難爲情到說不出口的奉承話，獅子取依然說個不停。一旁的編輯都在苦笑，但他本人似乎完全不在意。

但這樣的奮鬥也沒得到好結果。赤村滿依舊板著一張臉，看都不看獅子取。

不久續攤要散了，赤村滿似乎準備回家。

「老師，再去下一家繼續喝如何？聽說老師喜歡燒酒。一家店蒐羅了全國的燒酒，我無論如何都想帶您看看。」獅子取糾纏不休。

「不用了。我都說不會在灸英社寫了吧，你眞纏人。」赤村滿挑起眉角。

「這也沒關係，不寫也沒問題，再去一家就好。」

「囉嗦，我說不去就是不去！」丟下這句話，赤村滿就衝出店裡。

「啊，請等一下。」獅子取追在後頭，青山等人也跟上。一到外頭，獅子取就伏地跪倒。

「拜託您，請至少讓我將您送到家裡。這是我一生的請求。」

赤村滿露出困擾的神情俯視他。「別這樣，大家都在看。」

「那可以讓我送您回去嗎？否則我就繼續跪在這裡。」

赤村滿環抱雙臂，嘆了口氣。

「沒辦法，只有今天哦。不過我不會在你們那邊寫東西。」

「非常感謝您。」獅子取立刻站起來，招了經過的計程車。他看著青山他們說：「我送老師回去，你們到平常那家店等我。」

「知道了。」青山等人回答。

平常那家店指的是編輯群聚的酒吧。青山跟小堺在那裡喝起啤酒。

「眞了不起。面對表現得那麼厭惡的人，他還是不顧一切只想說服。」小堺嘆氣。

「不知道獅子取先生能不能拿到赤村老師的稿子。」

「這個嘛，再怎麼說都不可能。剛才老師不是斷言『不會在你們那邊寫東西』嗎？」

「也對。」青山嘆氣。就算是傳說中的編輯，或許還是有做不到的事。

此時，門「砰」的一聲猛然打開，獅子取走進來到青山他們的桌邊。他點了一杯生啤酒。

「辛苦了。結果如何？」小堺馬上問。

「嗯，能做的都做了。應該沒問題。」

「真的嗎？」青山驚訝地看著獅子取，結果又驚訝一次。他臉頰上有著鮮紅的掌印。

「獅子取先生，那那、那怎麼回事？」

「咦？啊，留下痕跡了嗎？沒什麼，別在意。」

「就算你說別在意……」

小堺拿出手機，似乎有來電。看到顯示名稱，他瞪大眼睛。

「是，我是小堺……啊，剛才非常謝謝老師……咦？怎麼會。啊，不是，我知道了。那麼我跟總編輯討論過後會決定好日期。是，謝謝您，那我先掛了。」掛斷電話後，小堺用茫然的表情望著獅子取。「赤村老師打來的。她說要不要連載還不知道，不過聽一次我們怎麼說也無妨。」

「這樣啊。很好，如我預期。」獅子取一臉滿足地喝下啤酒。

「總編，你到底對赤村老師做了什麼？」小堺問。

「我沒做什麼了不得的事。我不是常常說嗎，討作家歡心的訣竅就是要看穿那位作家期望的是什麼、現在想做什麼。我就是滿足了赤村老師的願望。」獅子取露出別有深意的笑容。

6

「我眞的嚇了一跳，無言以對了。這個人完完全全就是個笨蛋。你們有這種人當上司沒問題嗎？我都要同情起來了。要不要我跟負責人說一聲，撤換掉總編輯？」

「別別別，老師請饒了我吧。我不是都說那一天我喝醉了嗎，拜託您原諒我。」獅子丸縮起魁梧的身體。

「就算是喝醉，那也太誇張了。欸，小堺跟青山也這麼想吧？送我回公寓是沒什麼問題，但他突然向我求婚。說什麼『我對妳一見鍾情，請跟我結婚』。你們怎麼想？」

「呃，這個嘛。」小堺撓頭。「後來聽說的時候，我們也吃了一驚。」

「對吧。當我說『請不要戲弄我』，他就說『我是認眞的、眞心的』，還想強吻我。很蠢吧？所以我狠狠打他一巴掌，結果這個人哭哭啼啼跟我道歉，還對我下跪。這麼蠢的人見都沒見過。」

「哎，我眞的做了一件對您很過意不去的事。不過老師，有件事希望您能明白，雖然我當時醉了，但一見鍾情這點是眞的，求婚也是出自眞心。不對，現在我也還沒放棄。」獅子取說得鏗鏘有力。

「麻煩你放棄吧，我怎麼可能跟你這麼傻的人結婚。夠了，你乾脆回去吧？工作上的商議跟這兩個人進行就行了。」

「老師，請別這麼說。我不會插嘴，請讓我待在這裡。」

「那麻煩你離我遠一點。看到你那張令人氣悶的臉，總覺得我都要煩悶起來了。」

赤村滿對獅子取頻頻惡言相向。但她的語氣開朗，甚至可說是心情極佳。之後的討論很順利，最後灸英社得到刊登她連載的機會。

討論結束後，青山等人與表示要將赤村滿送回家的獅子取道別，準備回公司。一搭上地下鐵，兩人同時發出嘆息。

「眞厲害啊。」小堺說。「他眞的很強。」青山如此回應。

「求婚哦，在那種局面下。一般根本不會想到這種主意。」

「據總編輯所說，他是在跟老師談話時突然靈光一閃。」

「嗯，赤村老師的確是未婚，也完全沒這方面的傳聞。既沒接受過求婚，當然也沒甩過男人。」

「差點遭到強吻，因此甩對方耳光這種事……」

「想必沒做過。」小堺說。「根據獅子取先生的說法，他查覺到赤村老師想嘗試一次這些事的潛在願望，不過就算是這樣也很扯。要是失敗，可會鬧出大問題。」

「是啊。」青山想像起獅子取求婚的景象。他究竟抱著什麼想法，吐出求婚台詞呢？突然間，他發現一個問題。「欸，要是老師接受求婚，獅子取先生打算怎麼做？雖然這種事絕不可能發生就是了。」

「不知道。」小堺偏頭看青山。「他可能覺得眞碰上了再說。或許他當時認爲這樣也沒關係。」
「咦，意思是說跟赤村老師結婚也沒關係嗎？」
「因爲獅子取先生已經跟妻子離婚，現在是單身。若是爲了拿到原稿，這種程度的事他應該做得出來。」
「呃，不會吧。」
「誰知道呢。再怎麼說，他可是傳說中的編輯。」
青山陷入沉思。回想起獅子取下跪的模樣，他很難斷定這個可能性不存在。

夢寐以求的影劇改編

1

那通電話打過來時，熱海圭介正在看模型槍目錄。這是爲了思考該讓現在執筆的小說中即將登場的人物拿什麼槍才好。光寫上槍的名稱不夠，他打算將關於那把槍的深奧知識都寫進去。這樣鐵桿讀者應該會開心，非鐵桿讀者也肯定認爲熱海是個資料收集縝密的作家，這就是他打的如意算盤。

熱海的手伸向兼具傳眞機功能的電話。他成爲專職作家時，認爲這是必備品而買下的，但幾乎沒用過傳眞功能。

「你好，我是熱海。」

「啊，您好，久疏問候。我是灸英出版部的小堺。」

「哦，你好。」

熱海得到灸英社主辦的新人獎時開始，小堺就是他的責任編輯。當時他在《小說灸英》這本小說雜誌的編輯部，現在調到單行本部門。

「現在方便打擾一下嗎？」

「沒問題。請問有什麼事嗎？」

他有點期待。灸英社出版收錄熱海新人獎得獎作〈擊鐵之詩〉的單行本，那本書是不是終於要再刷了呢？

「其實呢，是關於〈擊鐵之詩〉的事。」

「是。」他滿心期待。果然要再刷嗎？
「有人提議想改編成影劇作品。」
「咦！」
「所以我該怎麼做呢？要請對方直接跟熱海先生您聯絡嗎？還是說——」
「請、請、請等一下。」喉嚨裡有痰卡住，他清清嗓子。他感覺到體溫逐漸上升。
「是的。」
「這什麼意思？要改編成影劇作品，是想把那篇〈擊鐵之詩〉改編成影劇作品的意思嗎？」
「什麼——！」熱海緊握聽筒，身體向後仰。他克制不住滿臉的笑意。「真的嗎？這哪邊提出的？要拍電影還是電視劇？」
「是電視劇。」
「電視劇？連續劇嗎？」
「不，好像是兩小時單元劇。」
「哦，是特別劇啊。」
熱海腦中浮現在節目交接期播放的特別節目。
「那主角誰演？」
「不，這似乎還沒決定。」
「什麼嘛。」他有點失望。
「不好意思，熱海先生。」小堺用格外沉著的聲音說，「提出的是製作公司那方的人，現在這個階段是想確認可否用〈擊鐵之詩〉對電視台提出企畫。」

「哦，原來如此。」雖然應了聲，熱海其實一個字也沒聽懂。

「要怎麼做呢？我這邊已經收到企劃書，先寄給熱海先生好嗎？」

「啊，這個嘛，就麻煩你寄給我吧。」

「我明白了。」小堺說完就掛電話。

放下聽筒後，熱海一陣子動也不動。這是爲了細細品嘗這份喜悅。

改編影劇作品——我的出道作〈擊鐵之詩〉即將變成影像。知名演員將會具體呈現出作品的世界，並在全國電視上播映。熱海腦中馬上浮現標題打在電視上的模樣。背景最好是大都會夜景，而且要空拍。文字就打在後方：「特別劇《擊鐵之詩》」，下方還會有一行「原作　熱海圭介」的字樣。

要大紅了，這樣的期待讓他滿心雀躍。改編成影劇作品的小說很多會成爲暢銷作品。《擊鐵之詩》止步於初版四千本，但這樣一來自己說不定能躋身暢銷作家的行列。

喜悅之情膨脹，他無法坐著什麼都不做。熱海手裡一直捏著手機。

「啊，喂，老媽嗎？是我，圭介……嗯，我當然過得很好……別擔心，我有吃蔬菜。這不是重點，重點是我有個不得了的大消息：其實，這次我的小說要被改編成電視劇了……對，要在電視上播。有人提出想把〈擊鐵之詩〉改編成電視劇……不是騙人的，出版社聯絡過我……對吧？很棒吧？我也一直覺得很奇怪，怎麼都沒人把那個故事改編成影劇作品……啊，什麼嘛，不要突然換人講。是老爸啊……我過得很好啦……對，會在電視上播……是啊，我說不定終於慢慢受到矚目了……不，聽說演員還沒決定。話說老爸你又不知道最近的演員名字……對，我知道，我會好好確認。得要求對方重視原作才行。」

之後，熱海打電話給五個朋友，報告改編影劇作品的消息。

2

啤酒很好喝。他又要了一杯，長長吐出一口氣。

「不過眞的太驚人了。」光海側過頭看著熱海。「才看你得到小說新人獎出道成作家，這次就換成改編影劇作品了。你到底打算變多強啊。」

「不不不，哪有這種事。」熱海擺擺手說。「沒什麼了不得的。如果是改編成電影就另一回事了。」

「不，電視劇也很厲害啊。」這麼說的是名叫伊勢的男人。

「小說改編成電視劇的作者全是名作家。你也進入這個行列了，眞的很了不起。」

「對，我覺得你很了不起。」萬綠叢中一點紅的美代子大大點頭。

他們是熱海還是上班族時的夥伴，今晚他們在當時就常光顧的居酒屋喝酒。

「話是這麼說，老實講我之前就希望有人把它改編成電影。那部作品最適合拍電影了。」

聽到熱海這句話，三人點頭。

「是啊。畢竟〈擊鐵之詩〉的格局很大。」光本說。「反過來說，或許就是因爲格局太大，不好改編成電影。」
聽到這句話，熱海做出反應：「啊，就是這個原因沒錯。」
「我也這麼想。格局太大了，假如要拍成電影，無論如何都會用太多預算。不是好萊塢或許沒辦法拍。」
「原來如此，原來是因爲日本公司拍不來啊。」美代子帶著恍然的神色在熱海杯中注入啤酒。
「在這一點上，電視劇就能用便宜預算拍出來。」
「應該是這樣。我想這次也沒辦法完整呈現出大格局的世界觀。」熱海把美代子剛幫他倒滿的啤酒送到嘴邊。
「欸，演員決定了嗎？」
「不，好像還沒。之後才決定吧。」
「啊，那就讓那個人來演嘛，就是木林拓成。」美代子的眼睛亮起來。
「咦——木拓啊。」伊勢皺起臉。「木拓不管演什麼角色都在演自己，我反對。」
「爲什麼，我覺得很好啊。」
「不過木拓只肯演主角吧？」熱海說。「他來演主角鄉島會不會太年輕了？」
「沒錯。鄉島這個角色由高井利一這類演員來演比較適合吧。」
聽到光本的意見，美代子瞪大眼睛。「亂講，這比較不可能。他長得太不起眼了。」
「會嗎？」

「欸欸，女主角誰來演比較好？」伊勢說。「不是有個鄉島從直升機中英雄救美的橋段嗎？如果不是身材夠好的女演員，撐不起那個場面。」

「啊，那個橋段很讚。熱海，你無權指定理想的演員嗎？」

「不，我想應該可以。畢竟我如果不答應，就什麼都無法開始。」

三人發出「哦哦」的歡呼。

「那就找松崎羅羅子吧，我是她的超級影迷。」光本合掌拜託他。

「咦，她有點不符合我的想像。」

「別這麼說，雖然你說得其實沒錯。不過要是實現了，拜託你帶我到拍攝現場。」

美代子發出「啊」的一聲，大大張開嘴。「對對，還有這一招啊。欸，熱海先生，拜託你還是找木拓吧，這是我一生的請求。」

「什麼嘛，根本只是妳自己想見他吧。」

「有什麼關係。我常常被問說，既然朋友成了作家，能不能拿到什麼好處？如果能見到木拓，我大概可以炫耀一輩子。」

「那我想見松崎羅羅子。拜託你了，好不好。」光本準備向他下跪似的。

「我覺得誰演都行，只要讓我跟女演員一起拍照就好了。」伊勢也順勢要求。

「眞拿你們沒辦法。」熱海裝模作樣地嘆氣。「既然如此，我會考慮。」

三人發出更大的歡呼。

「欸，熱海先生要演嗎？」美代子問。

「什麼，我嗎？」
「對。不是很常見嗎，就是原作者在片中客串演出。你也這麼做嘛。」
「哦，不錯啊，演吧演吧。」伊勢也敲邊鼓。
「咦，饒了我吧。」雖然這麼說，熱海其實覺得這主意不壞。
「那要是對方拜託你客串呢？」光本問。
「唔，在這種情況下考慮看看也無妨。」
三人發出喜悅的怪聲。居酒屋的年輕店員馬上跑來，請他們安靜一點。
伊勢連連向店員道歉。
「不過請聽我說。在這裡的這個男人是我們的朋友，他是個作家。這次他的小說要改編成電視劇了，男主角是木拓，演對手戲的是松崎羅羅子。如何，你不覺得很厲害嗎？」
店員「哦」一聲，眨了眨眼。「真厲害。不好意思，等一下能請您簽名嗎？」
「可以啊。」熱海舉杯飲酒。這是個愉快得不得了的夜晚。

3

小堺打電話來後過兩天，企劃書寄到熱海手中。他原本期待馬上就會送到，昨天一整天都靜不下來，甚至避免外出。他本來還想，假如今天沒寄到就要打電話催促小堺。他期待不已地從大型信封中拿出企畫書。那是幾張A4大小的紙，用釘書機釘在一起，封面印著「梅雨季推理劇　企劃書」。他翻開封面，最上方寫著標題。熱海見到標題時皺起眉頭，因爲上頭寫的是「悠閒貴婦刑警．北白川麗美事件簿　最後的槍聲」。搞什麼，小堺那傢伙弄錯了——他這麼想。大概把該寄給其他作家的東西寄給熱海了。若是這樣，《擊鐵之詩》的企劃書可能也被送到別人那裡。

他馬上打電話到灸英社，幸好小堺在座位上。他說企畫書是錯的。

「不，應該不會弄錯才對，現在沒有其他企畫書。」

「可是眞的錯了，這是完全不同的——」熱海說到這裡頓住了。標題下方寫著企劃緣起等等，其中寫到原作是《擊鐵之詩》。

「怎麼了嗎？」小堺問。

「……不，沒事。我確認過後會再打過來。」他連忙掛斷電話。

他重讀企畫書。上頭記述的內容如下：

「梅雨令人煩悶。無論是誰看著綿綿陰雨都會心浮氣燥，但現實又是如何呢？謊言，謀略，背叛——現代人的生活就是被這些事物環繞，心中一年到頭下著梅雨。因此，許多人希望透過娛樂而從複雜的人際關係或算計中獲得解放，輕鬆享受生活。因此，本次目標是拍出一部簡單爽快的電視劇。原作是〈擊鐵之詩〉（著．熱海圭界　灸英社），本作將會改編成喜劇風格。爲了配合影劇改編，主角刑警的設定改爲丈夫是富豪、興趣是調查的悠閒貴婦。透過這項變更，原作中牽強的故事發展反而會成充滿幽默的遊戲之舉，綻放出燦爛光彩。」

讀著讀著，他感到輕微暈眩。

這怎麼回事？《擊鐵之詩》的主角是鄉島巖雄這位刑警。他總是獨來獨往，討厭按照旁人命令行動。簡單來說，這是鄉島孤身與犯罪組織戰鬥的故事。不管從什麼角度看，這都是鐵錚錚的冷硬派故事，換言之就是描寫男人世界的作品。爲什麼變成「悠閒貴婦刑警」？而且熱海圭介的介還打錯字。

熱海看下一頁，上頭寫著故事。他大略讀過之後感到血液直衝腦門，好不容易才克制住把企畫書撕爛扔掉的衝動。

他拿起電話，再次打電話給小堺。「這怎麼回事？」他用有些粗魯的口氣問。

「您的意思是？」小堺沉穩地回覆。

「跟原作完全不一樣，標題跟主角都變了。這根本沒什麼可談的。」

「這麼糟糕嗎？」

「什麼叫做『這麼糟糕嗎』，小堺先生沒看過嗎？」

「對，我有點忙不過來，不好意思。」

他似乎直接把製作公司送來的企畫書轉寄給熱海了。

「我等一下傳眞給你，請你讀讀看。可以吧？」

「哦。」小堺不乾不脆地回答。

熱海拆掉企畫書的釘書針，傳眞到小堺的部門。很久沒用傳眞機，他費了一點工夫。傳眞後等了整整三十分鐘，他打電話過去。「請問你讀過了嗎？」他問。

「啊，抱歉，我還沒看。您很急嗎？」小堺用聽起來不怎麼覺得抱歉的語氣問。

「可以的話請盡快。」熱海說。他稍微加重語氣。

「那我看完再打給您。」小堺說。

「我知道了，麻煩你。」掛斷電話後，他在電腦前坐下。雖然想工作，卻煩躁得無法集中精神。他再次伸向企畫書。

故事概要後面有個寫著演員表的欄位，附加上「預計」的但書。但上頭列出的名字讓熱海深感失望。盡是些根本稱不上紅的演員。當然，木林拓成跟松崎羅羅子的名字不在上面。難得要改編成影劇作品，卻是這種班底——這樣的抱怨溜出他口中。

小堺終於打電話來。「我看過了。」他說。

「怎麼樣？很誇張吧。」

小堺在電話另一頭發出低吟。「其實這種事不少見。主要視聽群眾是主婦層，所以主角常會變更成女性，標題當然會改變。」

「但貴婦刑警也太扯了吧，悠閒貴婦刑警是什麼鬼。」

「哈哈哈。」小堺的輕笑響起。「的確很好笑。不過我覺得這經過一番考量。」

「爲什麼？這設定是她老公是富豪，所以無視上司盡情調查。你不覺得很亂來嗎？」

「我確實這麼覺得。不過主角無視上司隨心所欲調查這點，不跟原作一樣嗎？」

「咦……」

「只有設定不一樣，我覺得本質是相同的。」

「不，這不一樣。鄉島是不願遵從上頭命令的獨行俠，依據自己的理念行動。」

小堺再次沉吟。「不過我個人覺得這齣電視劇的版本比較容易讓人接受。純粹因爲『他是獨行俠』這個理由就無視上司命令，一般人都看不下去哦。」

熱海發出「嗚」的一聲，說不出話。他一下子想不到如何反駁。

「而且——」小堺繼續說。

「我看到最後。相當忠於原作不是嗎？這麼重視原本的故事算很少見了。」

「咦，哪裡忠於原作了？小堺先生，你眞的讀過嗎？」

「讀過啦。不然您覺得哪裡不符合原作呢？」

「還用說嗎，全不符合。例如說這個悠閒貴婦刑警，她動不動就用老公的人脈跟錢，一下收買黑手黨得到情報，一下從認識的軍火商那邊買到軍用直升機。如果能做到這種事，她根本無所不能。主角在原作中可是辛苦多了。」

本以爲聽得到對方的贊同，小堺卻給了他「不，倒也不見得」的意外回答。

「什麼叫『倒也不見得』……」

「原作設定是，主角逮捕過的男人加入黑手黨，那個男人感佩於主角的豪俠氣概，因此協助調查；但我覺得這還是很牽強。軍用直升機也一樣，在原作中是從美軍偷出來的，但再怎麼說都做不到吧。所以嘛，這麼說可能有點奇怪，不過我覺得『無所不能』這一點跟原作不相上下。哎呀，當然啦，什麼都可能發生這一點也是這本小說的特色。」

熱海再度說不出話。小堺指出的問題，也是在網路書評欄中讀者大肆批評的部分。

熱海說，「總而言之我無法接受。請你告知對方，請他們重新評估。」

「這樣啊，那我當作您拒絕了，這樣沒問題吧？」

「咦，拒絕……」

「您的意思不是說這種企劃不行嗎？」

「不，呃，是這樣沒錯，不過我沒要拒絕。」

「不是嗎？那該怎麼做才好呢？」

「所以……那個，請轉達我的要求，麻煩他們按原作演，也把主角恢復成男性。」

「哦。」經過一陣別有深意的沉默，小堺繼續說。「我可以告知對方這件事，不過我想這個提案會就此撤回。」

他嚇了一跳。「咦，爲什麼？」

「我覺得對方之所以特地提出這樣的企畫書，就是認爲這樣變更才有改編成電視劇的可能性。假如不行這麼改，提案當然就會取消。」他的語氣淡然，甚至讓人覺得他是不是故意裝得聽起來冷淡透徹。

熱海窮於回答時，小堺問：「您要怎麼做？」

「總之，」熱海說，「讓我考慮一下。」

「那我會等您回答。」小堺乾脆地掛掉電話。

熱海再次在電腦前陷入苦思。他難以捨棄改編成電視劇的提案，但妥協到這個地步眞的沒問題嗎——

他不經意望向一旁，那裡堆著幾十本《擊鐵之詩》。那不是出版社送來的書，而是熱海自己到各家書店買下的。爲了調查書本銷售量，出版社會監測幾家書店。他打算在那些書店購書，使《擊鐵之詩》看起來銷量可觀。但這樣的辛勞沒得到回報，連一次都沒有再刷。

要是改編成電視劇，就會成爲話題。這樣一來，他能期待書大賣。

就在這時，電話響了。他看向來電顯示，似乎是老家打來的。雖然心情有點沉重，他還是拿起聽筒。打過來的是母親，她劈頭就問改編成電視劇的事情如何。

「嗯，現在正在進行，企劃書送過來了……不，那方面還不知道……什麼，也跟親戚說了嗎？……哎，是沒什麼關係啦。咦？哈哈哈，大家還眞喜歡木拓……嗯，我姑且說說看，不過你叫大家別太期待。那我要掛了，現在很忙……嗯，我知道。」

他掛上電話後垂下頭。父母的臉在腦中浮現。要是知道改編電視劇的事破局，他們會沒臉見親戚吧。此外，他又該對光本、伊勢跟美代子說什麼才好？

他下定決心。熱海再次拿起聽筒。

「喂，請問是小堺先生嗎？我是熱海。關於改編電視劇的事情，那個企劃就行了……對，就是ＯＫ的意思。不好意思，我只有一個期望……對，就是配角人選。我可以提出我的理想人選吧……對，我明白。我不會以爲一定如同我的期望，不過我還是想先表明……就是呢，我覺得主角最好由松崎羅羅子飾演。然後演什麼角色都好，能不能想辦法請到木林拓成呢？……對，就是木拓……這樣啊。那就萬事拜託了。」

4

聽到《擊鐵之詩》確定改編成電視劇時，小堺有點訝異。「眞的嗎？」他數度確認。

「眞的。」製作公司的人在電話中回答。對方希望在近期內簽訂正式合約。

「我知道了，請寄到我這邊。請熱海先生簽名並蓋章後，我會寄回去。」他掛上電話後，忍不住歪過頭。

原來會發生這種令人意外的事情。他原本還認定《擊鐵之詩》的電視劇改編企劃八成不會通過。兩小時電視劇的企劃這種東西，很多是新小說發表後的先搶爲快之舉，提案方多是出於「總之先搶下來再說」這種程度的想法。許多作家聽到自己的作品可能會被改編成電視劇就歡欣鼓舞，結果知道不會實現而陷入消沉，他見過的例子早已數都數不清。他本以爲熱海也會是其中一人。

然而與他的預測相反，企劃通過了。基於預算因素，故事格局變得比企畫書上的更小，演員等級也隨之下滑，不過這也沒辦法。光能實現就很了不起了。

小堺打電話給熱海。作家喜悅的神情彷彿浮現在眼前。

電話接通了。小堺報告電視劇企劃通過的事，等待對方的情緒一口氣高昂起來。但熱海並沒有表現出特別開心的模樣。他說的第一句話是「請問誰演主角」這個問題。

小堺說出飾演主角的女演員。熱海「咦——」了一聲，露骨地發出失望的聲音。

「那個女演員不是過氣了嗎？我本來還希望是松崎羅羅子來演。」

這傢伙眞笨啊，小堺想。那種頂級女演員哪可能在單元B級鬧劇中演出。他說過會把熱海的期望轉達給對方，當然是騙人的。要是提出松崎羅羅子的名字，丟臉的可是他。

「她的檔期好像無法配合。」他還是先這麼說。

「這樣啊。那木林拓成呢？他會演出嗎？」

怎麼可能。他可是國民巨星。

「這個嘛，好像還是有困難。畢竟那個人只演主角。」

他聽到熱海吐出一口氣。

「也對，我早就猜是這樣。所以我才希望主角的性別維持男性啊。」

不是這種問題，不過他還是順著熱海的話說：「這也無可奈何。」

「我說，現在無法可想了嗎？就算請不到松崎羅羅子跟木拓，我還是希望他們能用紅一點的演員。」

小堺皺起臉。這傢伙一點都不懂。

「我說啊，熱海先生，通常這種企劃一開始就不會通過。類似的企劃會提交出幾十本，電視台會從中選擇，落選才是一般狀況。您的作品可是要改編成電視劇了，要開心一點才行。還是說，您要回絕說您依然不願意嗎？現在還沒正式簽約，還可以反悔。」

「不不不，沒這種事。」熱海著急地說。「我不是要拒絕。呃，請對方繼續，沒關係。」

「那近期內合約會送到我這邊，我會寄到熱海先生家。請你簽名蓋章後寄回。」

「我知道了。什麼時候開始宣傳？」

「宣傳？宣傳什麼？」

「當然是打書。既然改編成電視劇，我覺得應該有很多宣傳手段。例如說，首先就是在書腰上宣傳這件事，好像也有人把電視劇劇照放上去。」

「是啊。」他一不小心就發出沒幹勁的聲音。

熱海說得沒錯。決定改編電視劇後，的確很多書會更換成告知消息的書腰，亦經常放上主要演員照片；但那僅限於改編成連續劇或特別劇的時候，不可能爲一般的兩小時電視劇這麼做。要是每次都這麼做可沒完沒了，也很花錢。

但不能講白，所以小堺回答：「我會想想。」

「還有，什麼時候開記者會？」

「記者會？什麼的記者會？」

「開拍記者會啊。日期決定好後，如果能告訴我一聲就幫大忙了。」

小堺都要沒力了。這種寒酸的電視劇，哪可能做這種事。而且要是眞的開記者會，熱海似乎還有意要出席。

「如果有這樣的消息，我會通知您。」

「麻煩你了。總而言之，請你先考慮要怎麼打書。這種事的時機很重要。」

「我知道了，我會好好想一想。」掛斷電話後，小堺搖頭。

熱海有根本性的誤會。現在這個時代，就算改編成影劇作品，書也沒那麼容易大賣。

如果是連續劇或電影多少有點影響，但現實狀況就是不值得期待。更何況是一般的兩小時電視劇，就算說讀者反應是零也不爲過。只要體驗過幾次，熱海也會明白吧。不過他很懷疑今後是否還會有人想改編那種跟不上時代的冷硬派小說。

就在他思考這些事情時，電話響了。小堺馬上拿起聽筒。

「您好，這裡是灸英社出版部。」

「您好，請問熱海圭介老師的責任編輯在嗎？」一道男聲問。

「是，我就是責任編輯小堺。」

「抱歉突然打擾，我是——」男人報上名字。是大型演藝經紀公司的人。

「其實是關於《擊鐵之詩》這個作品，我有件事想問。」

「是，請問是什麼事呢？」

「請問那部作品的影劇改編權現在賣出了嗎？」

「什麼，《擊鐵之詩》嗎？」

「對。」

「啊，已經賣出了。」

「咦，這樣啊。」對方明顯流露出失望之情。「無論如何都沒辦法嗎？簽約了嗎？」

「是的，那部作品的影劇改編已經全談好了。」實際上還沒完成簽約，不過他嫌麻煩，就這樣回答了。

「我明白了，既然如此也只能放棄。抱歉在您忙碌時打擾。」

「不會。」小堺說完就掛上電話，接著他聳聳肩。

原來也會有這種奇妙的事發生，竟然還有其他人想把那種作品改編成影劇。不過反正也不會是什麼大不了的企劃。小堺決定忘掉剛才的電話，也無意告訴熱海。

依舊緊握著手機，男人嘆了口氣。

「怎麼樣？」他身後的人問。「你剛才好像說要放棄。」

男人回過頭去，搖了搖頭。

「好像慢了一步。〈擊鐵之詩〉似乎被別家公司搶下來了。」

躺在沙發上的男人慢慢坐起身。「不能想點辦法嗎？」

「似乎沒辦法，已經簽約了。」

那個男人抓起一旁的靠墊，朝他扔去。

「所以我才叫你快點行動，你卻給我拖拖拉拉！」

「很抱歉。我要去調查哪家公司簽下來，交涉看看能不能由您飾演主角嗎？」

「別說蠢話了，哪能做那種難看的事。就是因爲不想做這種事，我才想由我們這邊拿下改編權。」

「很抱歉。」男人低頭道歉。

「可惡，眞的假的。那個主角明明就只有我演得來。我一直在等待那種作品啊。」

說完，稀世巨星木林拓成發出「嘖」的一聲。

序口

1

凌晨六點響的鬧鐘響起前，只野六郎就按掉鬧鐘開關。現在是凌晨五點五十分。昨晚上床睡覺是在晚上十一點，算起來他在床上躺了將近七小時，但實際上睡著的時間又是幾小時呢？他的意識好像完全沒沉眠，不過即便身體在這種時候也意外能入睡，所以大概睡了兩、三個小時。不管怎麼說，他都沒睡過的實感。一坐起來，腦袋就沉甸甸的。

他一點食慾都沒有，但須先吃點東西，畢竟不知道今天會耗費多少體力。他用寶特瓶裝的茶將昨晚買好的超商飯糰沖進胃裡，之後到洗手間刷牙洗臉。鏡裡映著疲憊不堪的男性臉龐。這陣子接連有短篇小說的工作，不過這不是他疲倦的原因。

穿上衣服後，他的目光轉向玄關的行李。他昨日白天就爲今天做好準備了。沒想到這樣的一天到來——看著巨大的球袋，六郎愣愣地想。即便當天到了，他對自己要打高爾夫的這個事實依然無法置信。

「來打高爾夫吧，好不好，唐傘先生。高爾夫很有趣哦。每個作家都會打，成爲作家後就是要打高爾夫。請您一定要打打看。」灸英社那位名叫獅子取的編輯這麼說。唐傘是六郎的筆名，名字是散華，全名是唐傘散華。原本出於半開玩笑的心態取，但他用這個名字投稿的小說得到新人獎，事到如今已經無法變更。

六郎問爲什麼一定要打高爾夫球不可。

「因爲作家還是需要應酬。」獅子取馬上回答。「您或許以爲作家不需要人際關係，但並非如此。比方說，兩個銷售量同等級的作家。談到要請哪一位寫新連載的時候，當然會先向交情較深的作家提出這件事。人類就是這樣。」

獅子取所言有一定程度的說服力。聽他這麼一說，六郎就覺得或許眞是如此。

六郎出道成爲作家將近三年。新人獎得獎作《虛無僧偵探佐飛》賣得還不錯，但在那之後出版的書全在初版止步。他時常收到全新長篇或短篇的委託，但不曾受託寫連載。看到同期出道、銷售量跟六郎差不多的作家已經在連載小說，他不禁懷疑與編輯的交情是不是很重要。

「當然，這並非全部。」獅子取說。「跟編輯的交情很重要，但須更重視的是與前輩作家的交流。聽那些人說話會有各種收穫。不單是寫小說的技術，也可以學到許多在這個世界上長久生存下去的技巧。」獅子取壓低聲音繼續說，「在前輩作家之中，很多人會擔任文學獎的評審委員。在好幾篇入圍作中，假如有自己平日喜愛的後輩作家作品，會產生力薦之心不是人之常情嗎？」

這段話讓他感到些許抗拒感。「這不就是作弊嗎？」

「不，沒這種事。」獅子取噘起唇。「入圍文學獎的作品全是優秀之作。老實說，不管哪篇得獎都不奇怪。到最後只能考慮評審委員的喜好，或是作家的未來性等等。比起不知道什麼人寫的作品，評審更能充滿自信地推薦熟悉的作家吧。您不這麼認爲嗎？」

聽他這麼說，又覺得好像也有道理。

「對吧？所以要打高爾夫，資深作家全會打高爾夫。沒必要逢迎討好，不過跟他們打好交情不會有壞處。」

唔，是這樣嗎？雖然無法釋懷，但六郎開始打高爾夫了，一方面覺得做點運動比較好。獅子取不只幫他挑選用具，還幫他安排練習場跟課程。他試著開始打之後發現確實很有趣。光在練習場練習就很有趣，正好適合轉換心情。

幾個禮拜過去，獅子取打來問他要不要參加灸英社主辦的高爾夫競賽。

「光島老師跟玉澤老師等資深作家也會參加，這是讓他們認識你的好機會。」

他嚇一跳。六郎還沒到球場打過。要是添了麻煩，惹怒前輩作家豈不糟糕？

「別擔心、別擔心。沒有作家會因爲高爾夫球打得不好就被前輩作家討厭。反倒像是玉澤老師，他從年輕時就有職業級水準，以前常常被前輩作家挖苦說是不是都沒在寫小說，整天打高爾夫球。那我就當您願意出席嘍。我幫您報名參加。」單方面說完，獅子取不等六郎回答就掛掉電話。

今天就是活動當日。心情好沉重，眞不想出席。雖然這麼想，但事到如今無法取消，後悔爲什麼沒有果斷拒絕也來不及了。

2

準備就緒後，門鈴在他發呆時響了。他開門一看發現灸英社的小堺。小堺是六郎的責編，也是獅子取的部下。

他走出公寓，一台黑色的附駕租車正在等待，司機跟小堺站在一旁。

「早安。」體型瘦削的小堺禮貌地低頭打招呼。他在高爾夫球裝的外頭穿一件夾克外套。六郎也打招呼道早。司機迅速打開後座車門，六郎惶恐地坐進去。這是他第一次坐附駕租車。小堺幫他把行李放進後車廂。

「麻煩你了。」坐到副駕駛座後，小堺看著司機說，接著扭著身子轉向六郎。「我想您從獅子取那裡聽說過了，接下來要繞到光島老師家接老師。」

「啊，好的……」六郎點頭。

開車迎接令人感激，但他的心情馬上在聽到同車者的名字時黯淡下來。竟然要跟超資深作家光島悅夫同車。他跟六郎有著可比親子，不對，超越親子的年齡差距。在狹小的車中，究竟該談些什麼才好？

車子開進高級住宅區，不久停在一棟宅邸前。六郎看到大門前而吃了一驚。光島將球袋跟運動包放在一旁，獨自站在那裡。他的表情明顯不甚愉快。司機下車時，小堺跟著從副駕駛座跳下車。跟迎接六郎一樣，司機打開後座車門，小堺想搬起光島的行李。

然而光島像趕蒼蠅一樣揮揮手。「有夠慢，你以爲現在幾點啊。現在去也趕不上開始，去也沒用。」他嘶啞的聲音在早晨的路上響起。

「不，應該沒問題。請您上車，我會跟其他人聯絡看看。」小堺頻頻低頭道歉。

「我都說不可能了。會遲到三十分鐘，我到那個高爾夫球場好幾次，我知道。這種時間出發來不及的，會碰上塞車。」

「不會的，我們會想辦法。請您先上車，拜託您。唐傘先生也在車上。」

自己的名字被提到，六郎猛然驚覺坐在後座右側的是地位較高的人。他連忙下車。矮小的光島惡狠狠瞪過來。六郎頷首招呼，示意車內說：「請上車。」光島哼一聲，說句「我覺得沒用就是了」坐進車中。小堺露出放心的表情。車子再次出發。沒有人說話。當然，車內氣氛很沉重。

小堺開始講起手機。可以斷斷續續聽到移動時間、租車安排之類的語詞。

小堺掛斷電話。「怎麼樣？」光島問。「還是趕不上對吧。」

「好像是幹事看錯時間了。」

聽到小堺的回答，光島發出響亮的「嘖」一聲。「我就猜是這樣。」

「但請您放心，把順序調換就行了。我會請人把老師您們換到最後一組。」

「真的沒問題嗎？」

「沒問題，請交給我。」小堺大大點頭。

但過沒多久，小堺的背影就失去從容的色彩。道路嚴重回堵。

「看，我就說會碰上塞車。什麼叫做『請交給我』，根本不行嘛。」光島粗魯地說。

事情麻煩了，六郎想。他很想抱怨這是重要的比賽，至少要抓準時間。不過要是此時連六郎都抱怨起來，氣氛想必會變得更糟。

他偷瞄隔壁的光島。白髮的資深作家板著臉望向窗外。一想到還必須在這種狀態下搭好幾個小時的車，他就無力。有沒有什麼緩和氣氛的方法呢？

是不是自己主動向光島攀談比較好？但沒有話題，而且也不知道光島對六郎有什麼想法，他覺得「竟然要我跟這個臭小子同坐一車」而不快的可能性很大。

第一次看到光島悅夫這個名字，是在六郎還是國中生的時候。那是一本在老家的書架上發現的書。幾本不是很厚、以現在的說法就是軟皮的書跟其他書塞在一起。每一本書的封面上都畫著圖案，是學生模樣的男女身影。不過不是現代的年輕人，而是穿著舊式制服、散發出強烈昭和感的青年與少女。

這些是母親的書。他一問之下得知這是她學生時代的愛書，珍貴地保存至今。

他讀過其中一本。故事講述一對從小就是玩伴的男女，無法向對方表明心意，一見面就只會吵架，直到上高中後聽到各種不同的戀愛煩惱，漸漸明白自己眞正的心情。這是隨處可見的普通故事，但結構頗具巧思，確實能讓人在閱讀中感到樂趣。據母親所說，這類的書叫做少年小說，當時大受歡迎。現在的說法就類似輕小說。

但光島寫這類小說已經是幾十年前的事，現在他以描寫深刻的人生故事聞名。一如泳裝性感女星出身的女演員不喜歡別人提起過往，光島或許不希望旁人提及當年事。

道路依然壅塞。明明上高速高路，卻一點都不高速。時間逐漸消逝。就連第一次前往球場的六郎也知道趕不上。

一直拿著手機竊竊私語的小堺帶著尷尬神情轉過頭。

「呃，到達球場的時候，想請兩位用午飯。」

「午飯？」光島皺起眉頭。

「是的。在那之後，兩位就能享受九洞的……」

「九洞？你是叫我辛辛苦苦去到那裡，只打九洞就回去嗎？」

「很抱歉，這是時間的因素。」小堺深深低頭道歉。

光島臉一歪，拍拍前方駕駛座的椅背。「喂，找地方停車。我要下車。」

小堺「咦」一聲，露出一副快哭出來的表情。「老師，這不太……」

「怎麼，有意見嗎？根本浪費時間，我要回去了。隨便找個地方放我下來，我可以自己回去。」

光島似乎不會作罷。小堺困擾不已，小聲對司機說：「請在下個出口下高速高路。」

六郎不禁縮起脖子。事情麻煩了。不過只要光島下車，就能馬上從現在這個令人窒息的狀況中得到解放。放心感從胸口蔓延開來。但他覺得就這樣一句話都沒說也不好。誰知道日後跟光島會產生什麼聯繫，要是造成「那個臭小子直到最後都沒有開口」的感受就慘了。他想設法留下一點好印象。

他下定決心，開口說聲「其實」。

「家母是光島老師的書迷，聽說她讀了很多老師的書。」

不知道是不是對他主動攀談感到意外，光島一瞬間睜圓了眼，但馬上變回冷淡的眼神，冷冰冰地回答：「哦，是嗎。」

「哦，是這樣啊。」代他接話的是小堺。「什麼作品呢？如果是光島老師最近的作品，我們出版社——」

「別說了。」光島語氣嚴厲。「這當然是客套話，你何必當眞。」

「不，不是這樣的，家母眞的——」

六郎想辯解，但光島厭煩地擺擺手。「行了，不用費那種心。這種事很常見。因爲自己沒讀過，就說家人或認識的人是我的書迷，想讓我開心。不用在意那種事。像你這樣的年輕人，不知道我的作品是當然的。被這樣討好，反而讓我不愉快。」

六郎不知怎麼回答。光島在說「看吧」般將目光轉回車窗。小堺也困擾地陷入沉默。

六郎急起來，必須做點什麼才行。不久，他注意到光島所言並不是句句正中紅心。自己並非沒讀過光島的作品。月與大地的日記——他低聲說，並看向身旁。

光島的側臉產生變化。他變得面無表情，轉向六郎。「你說什麼？」

「您有一部作品叫做《月與大地的日記》吧。大概是四、五十年前的作品。」

「……那本書怎麼了嗎？」

「那本小說的點子，」他舔舔嘴唇，繼續說，「我覺得非常有趣。一開始只是輪流書寫男孩與女孩的日記，之後漸漸混進其他人的交換日記。全書僅靠日記構成，只有讀者了解每個人的想法，讓人覺得緊張刺激。」

「原來你讀過嗎？」

「只讀過那一本。」他老實說。「但我家的書櫃上還有更多本。聽說是母親學生時代讀的書。」

「哦。」光島嘴唇一扭。「所以你才說令堂是我的書迷啊。原來是少年小說，不是寫給成年人看的小說。」

六郎低頭答是。他或許還是得罪這位資深作家了。

接在後頭的是令人鬱悶的沉默。小堺依舊面向前方，動也不動。

「我啊，」光島嚴肅地開口說，「以前稱作少年的帝王。」

「帝王？」

「對。那是少年小說的黃金年代，賣得供不應求，各式各樣的作家爭相書寫。夏井跟花本也寫過。」對於現在稱爲泰斗的作家，光島直呼其名。「自己這麼說很奇怪，不過在那之中，我的書賣得最好。我不知道令堂讀過多少本，不過那時候的情況大概就是年輕女性就算讀過五、六本也是理所當然。」

「這麼暢銷啊。」

「對，就是這麼暢銷，近來的當紅作家根本沒得比。那時我一個人幾乎可說是支撐起整個出版界。」說出這樣的豪語後，他有些自嘲地笑道：「不過開始寫以成年人爲讀者的小說就一點都不賣了。」

「家母說，」六郎想起過去的事，「《星空畫布》很有趣。」

光島皺起眉頭，嘴角卻揚起來。「科幻風的那一本啊。我眞是做了一件有違個人風格的傻事。對我來說，那是令人難爲情的作品就是了。」

「還有，她也喜歡《祕密教室》。」

「祕密教室……」光島側過頭，接著苦笑起來。「那是什麼故事？寫過太多，我都忘掉了。」

「我下次問問看家母。」
「嗯，幫我問問。替我向令堂問好。」
此時，小堺回過頭。「光島老師，馬上就到出口了……」
光島露出嚴肅神情陷入沉默，之後微微點頭。
「沒關係，繼續前進。偶爾打個九洞也不錯。」
「好的！」小堺答得精神十足。

3

到高爾夫球場時接近正午。眾人在更衣室換好衣服後在餐廳用午餐時，打完上午那輪的那群人陸續回來了。
「嗨，光兄，眞是辛苦了。」笑著對光島打招呼的，是冷硬派小說的第一人——堂山卓治。他那頭顯眼的白髮梳成背頭。
「是啊，眞受不了。」如此回應的光島情緒已經完全平復了。
堂山之後，讓六郎連打招呼都會猶豫萬分的重量級作家們也到光島身邊打招呼。光列出他們的代表作，就等於表現出日本的娛樂小說歷史。
小堺到六郎身邊。「唐傘先生，有點事想跟您商量。」
「什麼事？」
「其實是要變更組合，請唐傘先生換到跟光島老師不同的一組。」

「啊，這樣啊。」六郎想，好不容易消除跟光島先生之間的隔閡。「那我跟誰一組？」

「是，跟深見老師以及玉澤老師，還有我。」

「什麼——！」他不由得向後一仰。這兩個人都是超重量級人物。深見明彥是以旅行推理建立起一個時代的大家，玉澤義正則連連推出暢銷的警察小說大作。

「不能想點辦法嗎？」

「不好意思，已經定案了。」小堺在臉部前雙掌合十，馬上離去。

六郎還沒吃完午餐，但完全失去食慾。第一次到球場打高爾夫球就夠讓他緊張，偏偏還要跟重量級人物一起打——他想逃了。他認眞考慮起用身體突然不舒服爲由溜回家，但一想像到裝病被揭穿的那刻就打消主意。

過度緊張讓他跑好幾趟廁所，但尿不太出來。不久，下午一輪的開始時間到了。他被小堺帶到第一洞等待，此時兩位重量級作家踩著悠哉的步伐現身。

小堺對兩人介紹六郎。兩人都大方點點頭，對出道沒多久的年輕人沒什麼興趣。在幾乎令人胃痛的緊張之中，這一輪開始了。開球順序是深見，再來是玉澤。兩人都保持漂亮的球道，尤其是玉澤的擊球距離讓六郎嚇傻了。

「你稍微客氣一點如何？」深見抱怨，而玉澤笑嘻嘻地回答：「哎呀，我覺得自己相當收斂了。」

接下來換小堺開球，最後是六郎。這是打高爾夫球值得紀念的第一桿，但他根本沒有沉浸於感慨的餘裕。他將球座插在地上，想把球放上去，但指尖抖得讓他放不準。總算把球放好後，他握好球桿，腦中一片空白。他就這樣將球桿往上舉，然後往下揮。「咻」的一聲，劃破空氣的聲音響起，但沒打到球的手感。球依然停在球座上。

全身冒出冷汗。他沒勇氣回頭看前輩作家。小堺的聲音傳入耳中，但六郎聽不清他在說什麼。腦袋無法運轉。總之必須揮桿，必須把球往前打出，這樣的想法塞滿他的腦袋。他急急忙忙擺好姿勢，急急忙忙揮桿。這次打中了。但他不知道球飛到哪裡。

「界外球。」女性球童冷冰冰的聲音響起。

血液直衝腦門。他從口袋拿出球，再次放到球座上，連姿勢也沒擺好，一心顧著揮桿。

微弱的聲音響起，球滾了約兩公尺。

4

到第一洞結束爲止，六郎最後打出高達十三桿的成績。光這樣他就疲憊不堪了。前往下一洞的途中，他朝前方望了一眼。深見跟玉澤正若無其事地談笑，根本不把這個菜鳥年輕作家放在眼裡。六郎感到安心的同時也覺得有點悲慘。

六郎那之後依舊陷進苦戰。每次揮桿都帶著好幾根球桿到處跑，他在果嶺上不斷在球洞周遭來來去去，連他都對自己厭煩。雖然有計分，但他中途開始就什麼都不管了。

兩位前輩作家的高爾夫球打得很穩定。深見的擊球距離不遠，但不會犯下重大失誤，分數平穩；另一方面，玉澤就是打得非常遠，小技巧很高明。不輸職業選手的傳聞似乎不是騙人的。

打幾洞之後，六郎的情緒漸漸平穩下來，前輩作家的談話隨即傳進他的耳中。他們完全沒討論小說，但並非只繞著高爾夫打轉。話題包括股票、麻將、雪茄、釣魚等，種類繁多。當然也談到酒跟女人。這些被提到的話題有著適度的知性，適度的高格調以及適度的低俗。

看著兩人往來，六郎腦中浮現的感想是眞帥氣啊。一面巧妙揮動高爾夫球桿，一面享受與作家友人間的對話——他覺得這是一流作家的證據。

那個瞬間，六郎忽然發現一件事：自己不是該出現在這裡的人。連一本正經代表作都沒有的不成熟作家，怎麼能跟這些大前輩在同個地方打高爾夫球。爲什麼獅子取要把自己找到這來呢？這次結束後暫時別打高爾夫球了。他在心裡做出這個決定。

他淡然地讓思緒僅集中在揮桿擊球上，不再思考無謂的事情。很奇妙的是，桿數變好看了。不過當然只是初學者還算可以的等級。就這樣，他終於打完最後一洞。六郎疲憊不堪地前往會館的途中，有人走到他旁邊。他一看發現是玉澤。「辛苦了。」玉澤說。

「啊……您辛苦了。」

除了各洞結束後的分數報告，他跟玉澤幾乎沒交談。

「你好像很累。」

「非常累。高爾夫球眞難。」

玉澤開心地哈哈大笑。「無論是誰，一開始都是這樣。我以前也像田徑社社員一樣東奔西跑。」

「咦，是這樣嗎？」

「你今天跟光島先生同車吧，你回程時可以問他。我還是初學者的時候，曾經分到跟他同一組。那時候我被他開玩笑說，『喂，年輕人，你的球明明不會直線往前飛，但聽說你泡女人的時候倒是挺直線前進嘛』。」

「竟然有這回事。」

「不過，」玉澤用手肘頂頂六郎的手臂，「你疲憊不單是因爲高爾夫吧？被令人煩悶的老頭包圍，你想必心情沉重。」

「不，沒這種事……」

「沒關係，不用隱瞞，這是當然。看到我們耍威風，你覺得很火大吧？」

「沒這回事。看著兩位，我覺得很羨慕。當紅作家悠哉享受高爾夫球的身影眞的非常帥氣，我希望早日成爲這樣的人。」

玉澤苦笑，皺紋爬到鼻子上。「你人太好了。你還年輕，反彈更強也無妨。看到上了年紀的或是老頭作家擺架子，你腦裡必須想著『混帳！』才行，獅子取八成因此邀你過來。你的角色就是序口。」

「序、序口？」

玉澤輕笑著點頭。「相撲力士中的序口是最低等級，就算比賽也無法招來客人，當然拿不到薪水。即便如此依然能繼續比賽，因爲有吸引客人的當紅力士，其代表就是橫綱與大關。就是因爲他們在，平幕、十兩跟幕下才能維持生計，序口也一樣。但同樣的人不可能一直稱霸。他們退休後，接下來要有人扛起橫綱跟大關的位置，相撲界就是這樣綿綿不絕繼承傳統至今。這樣的業界人生跟我們的世界也是一樣的。」

「我們的世界是指……」

「就是作家的世界。」玉澤說。「你的初版印量是多少本？」

突如其來的問題讓六郎驚惶失措，根本沒有餘裕岔開話題。他老實回答：

「大約八千本。」

「原來如此。問你一下，你覺得出八千本書，出版社賺多少？」

「這個……」他答不上來。「我覺得賺不了多少。」

「對吧。何止如此，虧本的機率還很高。即便如此還是願意出版你的書，是因爲期待你的未來性。但出版書就要花錢。你覺得那筆錢是誰賺來的？」

六郎沉默著偏過頭。這是他至今爲止從未想過的事。

「是橫綱，」玉澤說，「還有大關。透過販售喻爲這種等級的暢銷作家的書，出版社賺得利潤，然後撥用其中一部分爲扛起下一代的年輕人出書。這就跟相撲界一樣。」

六郎屏住氣息。所謂的恍然大悟就是這麼一回事。他覺得玉澤說得一點都沒錯。

「啊，所以您才會說我還是序口……」

「你不要覺得不高興，我們也從那裡出發。重要的是想要向上爬的心態。這個世界沒輕鬆到只要寫出好作品，就能自動往上升。身爲職業作家，寫出好東西是理所當然。除此之外，必須加上把橫綱或大關拉下來的氣概才行。不要對我們心生嚮往。如果抱有憧憬，就只能成爲同樣水準的作家。」

回過神時，他才發現兩人都在原地站住。六郎一直維持著直立不動的姿勢。

「我會記住。」他深深低下頭。

「別這樣。」玉澤臉一歪，邁開步伐。

回到會館換好衣服後，六郎前往餐廳。當他縮著身子坐在末座，有個人在對面坐下。他抬起頭，接著滿心驚愕。眼前是本格推理界的高重量級人物大川端多門，借用玉澤的說法就是大橫綱。今天他穿著白西裝。

輕食已經送上，六郎低著頭開始用餐。他努力不跟大川端對上視線。

突然間，他聽到說著「佐飛他——」的沙啞嗓音。他嚇一跳。由於六郎覺得對方不可能和自己說話，他沒有反應，結果對方又說一次「關於佐飛——」。這次他無法無視。他抬起頭，跟蓄著白鬍鬚的大川端四目相交。「是。」他如此回答。聲音嘶啞了。

「佐飛其實不是虛無僧，這樣的劇情手腳我中途就注意到了。」

「啊，是。」六郎全身冒出冷汗。他正在談論自己的出道作《虛無僧偵探佐飛》。這位超重量級作家正在對他說話。

「可是，」大川端繼續說，「佐飛不是虛無僧，虛無僧卻是佐飛，這結尾嚇我一大跳。我完全上當了，很精彩的詭計。我當時敬佩地想，啊，有個了不起的年輕人出現了。」

六郎發不出聲。他想道謝，但由於太過感動，他的身體僵住了。

「不過呢，」大川端露出像惡作劇的小鬼打著什麼鬼主意的表情，「我下一本小說會更厲害。下次我送你一本，你讀讀看吧。」

六郎還發不出聲音，只能沉默著數度點頭。同時他在腦海一隅想，玉澤先生說得沒錯。只要不被拉下來，這些人就打算一直穩坐在橫綱的地位上——

加油吧，他想。

禍水

1

五月的一天，作家熱海圭介坐在東京都內的咖啡廳中，等著跟灸英社的責編小堺商議。熱海旁邊放著大袋子，放著即將出版書籍的校樣——印成鉛字的試印稿。熱海已經校閱過了，接下來要進一步確認。超過約定的時間約三分鐘時，小堺從入口進來。他瘦削得一如以往。

「不好意思。你等很久了嗎？」小堺用聽起來不怎麼抱歉的輕快語氣說。

「不，沒這回事。我只是來得早了一點……」熱海的句尾消失，因為目光移到站在小堺身旁的女性身上。女性年齡大約在二十歲前半。她的棕色頭髮剪得短短的，臉蛋小巧，眼睛很大。明明沒化妝的跡象，肌膚看起來像瓷器一樣光滑。

「呃，我先介紹一下。她是這次調到我們部門的川原。」小堺說。

「敝姓川原。」女性遞出名片，熱海連忙起身接下。上頭寫著「灸英出版部　川原美奈」。

「啊，你好，我是熱海。」

他看呆了，說不出話。原來編輯中也有這麼可愛的女性嗎？

「大家先坐下吧？」小堺說。

「啊，也對。坐吧。」熱海就座後，小堺跟川原美奈在他對面坐下。

服務生過來了，於是小堺他們點了咖啡。

「之所以請她調到我們部門，其實是因爲我負責的作家增加太多了；而且大家出書速度相對偏快，靠我一個人無論如何都忙不過來。所以呢，改由她負責幾位作家。」

「哦。」熱海嘴巴半張，視線移到川原美奈身上。她默默垂著眼，凸顯出睫毛多麼纖長。熱海才見她的睫毛似乎顫動一下，她就忽然朝熱海投來凝視。眼神相交的瞬間，他感覺身體一口氣熱起來。他一陣慌張，莫名其妙撓起頭。

「呃，把她介紹給我的意思是……」熱海的視線回到小堺身上。

「對，我今後想將熱海先生交由川原負責。當然啦，不會一下子全數轉移，我打算先讓她輔助我，接著一點一點交給她。」

「原來如此。」熱海拿起杯子想喝咖啡。他的手微微顫抖，這是因爲心臟正激烈跳動。他用另一隻手扶住咖啡杯，總算喝下咖啡。

兩人的咖啡也送來了，但誰都還沒拿起咖啡杯。他們大概在等熱海的回答。熱海的眼角餘光捕捉到川原美奈正挺直背脊看著自己。

「您意下如何呢？」小堺問。「假如有什麼問題，我們會重新考量。」

「咦？啊，不，沒事沒事沒事。」熱海猛力擺著手。「哪有什麼問題。」他破音了。

「我覺得，呃，責編是誰都沒關係。」

「這樣啊。」小堺一臉放心地笑了。「那萬事拜託了。」

「請多多指教。」川原美奈低下頭。

「請多指教。」熱海也這麼說。他再次與抬起頭的她四目相交。她剛才神情嚴肅，現在露出柔和的微笑。

確認這件事後，他們針對校樣討論起來。形式上是熱海說明校正內容，小堺傾聽，川原奈美在旁邊做筆記。結束商議離開咖啡店的熱海，踏著輕快腳步前往車站。川原美奈在臨別之際說的話在腦中數度重播。

「擔任熱海先生的責編，我感到莫大的光榮。我想會有不周到之處，但請您多多關照。」她帶著溫順的表情說完便低下頭，接著抬起眼凝視熱海。

跟她一起──

往後他們將會見面無數次。或許有一段時間小堺會暫時在場，但不久後就會變成兩人單獨見面。不管是討論還是繳交原稿，都能跟她一起。

回過神來的時候，熱海開始小跳步了。

2

夢想中的時光比熱海期待的更早造訪。跟川原美奈見面的兩天後，電話響起，他一接起就聽到帶有些許鼻音的女聲問：「請問是熱海先生府上嗎？」

一面想著「不會吧」，他一面回答：「沒錯。」

「抱歉在您工作時打擾，我是前幾天向您打過招呼的灸英出版部川原。」

他的心臟猛然收縮，臉一下子發燙。

「啊──妳好。」他努力發出沉著的聲音。「那時辛苦妳了。」

「那天感謝您在百忙之中撥出時間。現在不知道能否打擾您一下呢？」
「可以啊，當然。」說完之後，他才後悔起「當然」是不是多餘的。
「其實是跟上面的人談過後，這本書的裝幀決定交由我負責，我希望能跟老師討論過一次。不過前幾天才借用過您寶貴的時間，真的對您非常過意不去。」
「哦，這樣啊。」
與淡然的回答相反，熱海的心臟開始亂跳。竟然有這種好事——內心的聲音說聲「不對」，要他管束好自己。高興還嫌太早了。
「呃，」熱海平穩地問，「小堺先生會一起來嗎？」
「關於這點……」美奈的聲音變得有些消沉。「小堺現在被各種工作追著跑，分身乏術。我想獨自拜訪，這是否有不妥之處呢？」
喔呵！他的心臟真的怦怦狂跳起來。熱海握著聽筒開始踏步。
「啊，這樣啊。小堺先生原來這麼忙。」他故作冷靜。
「您覺得怎麼樣呢？如果希望小堺同席，我會想辦法調整。」
「不！」熱海說，聲音不小心大起來。「如果是這樣，就算小堺先生不過來，我也不會介意。我不想勉強他。」
「謝謝您。那什麼時候比較方便呢？」
「我隨時都沒問題。」他很想說今天也行。
美奈流露出有些煩惱的跡象後，提議兩天後見面。還要等這麼久嗎？熱海感到失望，但她問：「早一點比較好嗎？」

「不，就這樣吧。」

決定好碰面地點與時間就掛了電話。熱海握拳做出勝利手勢。

兩天間，他整個人心神不寧。他靜不下心工作，決定上街晃晃。他買了新衣服，有生以來第一次走進髮型沙龍。他在此之前都到熟悉的理髮院剪頭髮。

當天，他遠比預定的時間更早離開家門。到達碰面的地點附近時，是在約定的三十分鐘前。他到書店打發時間，但就算想看白書也無法集中精神。熱海頻頻確認時間，但感覺流逝得比以往慢上許多。總算到約定的十分鐘前。他走出書店，前往咖啡廳。但他到店門前時停下腳步，再次確認時間。比約好早了兩分鐘。

怎麼辦？川原美奈或許還沒到。要是自己先過去，看起來不就像卯足勁嗎？不，實際上他確實卯足勁，不過他想避免被她發現這件事。

熱海想，先等一下好了。他決定到附近晃一圈再回來。然而當他這麼想並往右轉，就看到川原美奈從另一邊跑來。她一面看手表，一面小跑步。熱海的腳步停住了。

美奈瞄他一眼。她先別開目光，但馬上轉回視線，臉上浮現驚訝神色。

她喊著「老師」跑過來。「不好意思，沒注意到您。您改變形象了呢。」美奈看著熱海的頭，再掃往他的服裝，最後注視他的臉龐。

熱海摸摸自己的頭。「這是爲了轉換一下心情。很奇怪嗎？」

「不會。」她用力搖頭。「非常好看，很適合您。」

「是嗎？那就太好了。」

「不過老師剛才打算到哪裡呢？店就在那裡哦。」

「咦？哦，我知道。我看到妳的身影，所以在等妳。」

「這樣啊，謝謝您。」穿著深藍色套裝的美奈深深低下頭。

眞是好女孩。熱海的胸口內側熱起來。這份熱度在進入咖啡廳後完全沒有冷卻，反而不斷升溫。

「您有什麼想法呢？關於老師這次的作品，小堺說比起圖，放照片會比較好，可是我覺得只用一張圖片的簡單設計也不錯。」美奈微皺著眉頭。這種有些煩惱的表情也很可愛。

熱海窺伺周遭眾人的模樣，男性的反應尤其令他在意。他們不可能沒注意到美奈。看到她的美貌，別人肯定會對跟她在一起的男人——也就是對熱海感到嫉妒。

從旁人眼裡看來是什麼感覺呢？今天熱海穿著休閒服，別人八成不會覺得他們在討論工作，應該會以爲他們是在享受約會的男女朋友——

「您覺得怎麼樣？」打破熱海的妄想，美奈問。「果然還是照片比較安全嗎？」

「不，這個，也不見得。」熱海舔舔嘴唇。「我覺得不應該打安全牌。既然妳覺得圖片比較好，我也支持妳的想法。全都交給妳。」

這個瞬間，美奈的臉一下子發亮。「我來決定沒關係嗎？」

「當然。」熱海說。「再怎麼說，我的責編都是妳。」

「謝謝您。」看到說出這句話後的美奈，熱海吃了一驚，因爲她泫然欲泣。

「我之前就想成爲老師的責任編輯。聽小堺說要把幾位老師轉移給我負責的時候，我就祈禱熱海老師包括在內。我甚至想過要是老師不在名單內，就主動要求。我會努力做好這份工作，絕對會做出一本好書。」

這段話讓熱海受到衝擊，猛烈動搖他的心。他拚命按捺住當場緊抱住她的衝動。心靈的震盪直到回家後依然持續。美奈眞摯的表情烙印在腦中，完全沒有消失。

他的心靈又因一封電子郵件更加動搖。查看電腦裡的郵件時，他收到美奈的信：

熱海圭介先生

感謝您今天讓我度過愉快的時間。

眞的是一段作夢般的時光。

我現在依然在品嘗能與憧憬的作者一起工作的喜悅。

我還不成熟，但我一定會努力做出一本好書。

往後請您多多關照。

川原美奈

入睡前，熱海讀了這封郵件三十次以上。

3

每天都變得很開心。他至今爲止從未如此強烈感受過活著的歡愉。就連以〈擊鐵之詩〉獲得新人獎的時候，他都沒有如此歡欣鼓舞。

熱海圭介現在可說是處於幸福的最高點。

「關於標題，我試了很多種，還是黑體最好。」川原美奈把幾張A4影印紙排在桌上。這是即將出版的書封設計提案。同樣都是背景放著蝴蝶刀圖案，印有《狼的獨旅》字樣，但字體跟配置有微妙的差異。

他們在平時那家咖啡廳討論。今天美奈穿著灰色套裝，與金色耳環很搭。

「您覺得如何呢？」美奈抬起頭。

「啊，呃，」愣愣望著她低垂臉龐的熱海慌得差點打翻咖啡，「嗯，對，我覺得黑體很好。」

「那就這三款了，您覺得哪一種比較好呢？」

那三款上面貼著A、B、C的標記。老實講哪種都沒差，不過他還是隨意答道：

「唔，B吧。」

聞言，美奈雙手手指在胸前交扣。「也對，其實我也覺得B最好。」

「啊，這樣啊。」

「眞棒，我跟老師的喜好一致。」美奈鬆開交扣的手，換成輕輕鼓掌。

熱海努力假裝平靜，但滿心想跳起舞。魂魄好像會從身體溜出去，輕輕飄起來。

「呃，我說啊，川原小姐。」他小心翼翼地說，「那個，能不能別再叫我老師？」

「啊……」美奈馬上恢復認眞的神情掩住嘴。「這樣不好嗎？」

「不對，不是不好，是難爲情。我還沒稱做老師的資格，其他編輯也不會這樣叫我。」

「那該怎麼稱呼您才好呢？」

「怎麼叫都行，只要是老師以外就可以。」

「那麼，」美奈稍作思考地皺起眉頭，「叫熱海圭介先生太長了呢。熱海先生？圭介先生？呃，這樣親暱過頭了。」

熱海嚇一跳。他沒想到會只用名字稱呼。

「還是叫熱海先生吧。這樣可以嗎？」

「啊，嗯，這樣就行了。」

其實他希望用「圭介先生」稱呼，但怎麼都說不出口。

「那熱海先生，我就用B案進行了。」美奈說完後用雙手摀住嘴邊。「哇啊，不過換個稱呼，就覺得好像跟老師……不對，跟熱海先生的關係變得相當親近。」

「咦，會嗎？那就太好了。」

「往後我也希望更了解熱海先生，請您多多指教。」美奈懇切地低下頭。

「不，我才是。對了，川原小姐。」

「是。」她睜著大眼睛正面注視他。熱海舔舔嘴唇。

「那個……接下來妳有什麼計畫嗎？如果沒有，要不要一起吃頓飯？呃那個，況且需要討論下一部作品。」

她睜大眼睛，驚嘆一聲。「能聽到您對下一部作品的想法嗎？」

「對，不過嘛，還沒具體決定就是了。我有模糊的構想，大概想到要寫成什麼感覺。」實際上什麼構想也沒有，但熱海還是這麼說。

「太棒了！」美奈在胸前雙手合十。「啊——不過真可惜，我今天接下來還得見其他老師才行。」

「啊，這樣啊，那就沒辦法了。哎呀，沒什麼關係，反正不急。」他掩飾住深深的失望，努力用輕快的語氣說。

「真的很可惜。下次請一定要讓我聽聽那個故事。」

「好啊。」熱海還以一個有些僵硬的笑容。

4

距離熱海邀美奈吃飯的那天，過了整整兩週。這段期間兩人沒有見面，但數度用電話跟電子郵件交流，幾乎都是關於新書《狼的獨旅》的問題。大致情況就是美奈針對要印在書腰上的宣傳標語提案，而熱海對此敘述自己的想法。很遺憾，都不是有必要特地見面的事情。美奈一直極力避免勞煩到熱海。電子郵件跟電話中也感受得到這樣的跡象。

熱海過著鬱悶的每一天。無論做什麼事情，川原美奈都沒有從他腦中離開。就算想工作而坐到電腦前，他的第一件事也是檢查郵件，確認沒有她的來信而感到失望時，他會開始思考有沒有什麼事能讓自己寄信給她。如果能寄出「下一部作品的點子逐漸成形了，今晚要不要一起吃頓飯」的信是最好的，但遺憾的是重要的點子完全沒有浮現。既然要寄信約她出來，就一定要有些內容，他需要讓她高興的傑作。熱海出於一心想見她的念頭而絞盡腦汁，但什麼都想不出來。越著急地想「得想出什麼才行」，越想不出來。

不過——

熱海圭介思考起川原美奈對自己有什麼想法。他感覺到她凝視自己的目光中，有超出對於負責作家應有的情感。而且她說從以前開始就想當熱海的責任編輯，信裡將跟他一起度過的時間形容爲「一段作夢般的時光」，還稱他爲「憧憬的作者」。

再怎麼保守思量，熱海都覺得美奈確實對自己抱有好感。邀她一起吃飯時也一樣，她對安排了預定計畫而打從心底遺憾。他實在不認爲那是討作家歡心演的戲。更重要的是，她沒有演戲的理由。出道至今數年，熱海漸漸了解自己的立場。他的書並沒有暢銷到足以讓人不惜演戲也要拿到稿子。

下次見面時，要不要試著問清楚她的想法呢？不對，要女性主動表明心思大概太難爲情，這時候由自己主動告白比較好。但怎麼開口——他心亂如麻，工作完全沒進展。

在這段期間，見到美奈的機會造訪了。灸英社主辦的文學獎將要舉辦宴會，身爲職員的美奈照理說會出席幫忙。

宴會就在今天。會場在日比谷的高級飯店宴會廳。

熱海穿上唯一一套西裝，精神抖擻地走進去。會場前設有接待櫃台。熱海來過好幾次，早深明要領。他知道此時要拿出邀請卡並簽名。這是防止無關人士混入的措施。

其中一位接待人員就是美奈。當然，熱海走到她那邊主動打招呼：「妳好。」

她的表情一下子亮起來。「熱海先生，謝謝你今天特地到場。」

「我想說稍微露一下臉。川原小姐要一直待在這裡嗎？」

「不，再過一會，我打算進場。」

「這樣啊。我想我會待在右後方。」

「我知道了，之後我會找您。」

「嗯，我等妳。」熱海轉過身走向會場入口，就在此時，「嗨，小美奈」的親暱呼喚從後方響起。是男人的聲音。

小、小、小美奈——熱海回過頭。

一位瘦弱的年輕男子對美奈露出笑容。「眞難得，妳今天穿裙子。」

「咦，不好嗎？」

「沒這回事，我只是覺得難得。很適合妳。」

「謝謝您。」

「那等會見。」男人在簽到簿上簽名，接著走進會場。他似乎沒注意到熱海。

那個男人——是他熟悉的人物。那是熱海獲得新人獎隔年的得獎者，筆名是唐傘散華這種胡鬧的名字。獲獎作是〈虛無偵探佐飛〉，這也是一篇難以認爲是認眞寫出來的東西。然而，這個亂七八糟的作品十分暢銷。評論家一致讚不絕口，熱海心下混亂，他完全無法理解這部作品哪裡好。

煩惱到最後得出的結論是，這是業界的集體作秀。也就是說，爲了打破出版不景氣的情況，整個出版界決定一起營造新明星。雖然不知道唐傘爲何會被選中，不過總之就是藉由大加讚揚他的作品，對世間灌輸出現驚人能者的印象。
覺得眞是荒謬的同時，熱海因自己沒有雀屏中選而心生嫉妒也是事實。
那個男人也由川原美奈負責嗎——他原本就對唐傘沒好感，現在又增加厭惡感了。而且他竟然叫她「小美奈」？不可原諒。
會場擠滿眾多人潮。熱海如同剛才對美奈所說，站在右後方的桌邊。不久，頒獎典禮開始，相關人士的冗長致詞接連不斷。接著乾杯的呼聲響起，總算來到歡談時間。
熱海啜飲著啤酒。由於是立餐形式，桌上擺滿各色菜餚，但他擔心隨便離開會讓美奈找不到人，因此一直無法移動。但當他的視線不經意望向遠處，美奈的身影映入眼簾。她竟然狀甚親暱地跟唐傘談話。熱海放下啤酒杯，撥開人群前進。唐傘身邊還有幾位編輯，但唐傘眼中似乎只有美奈。熱海覺得他眼裡充滿色迷迷的光芒，明顯在打她的主意。
眞是不知天高地厚——
他終於到達他們所在的桌邊。美奈還在跟唐傘說話。他從她背後靠近。唐傘的目光轉向熱海，他張開嘴，好像想說「啊」。
「你好，好久不見。」唐傘向他打招呼。兩人在他的頒獎典禮時見過面，他還記得。
「好久不見。」他稍微挺起胸膛，大方回答。雖然早出道一年，但他依然是前輩。
美奈轉過來說：「啊，熱海先生。」她在胸前雙手合十。「原來兩位認識。」
「嗯，見過面。」熱海回答。
「原來小美奈是熱海先生的責編？」唐傘問。

「是的，我有幸擔任他的責任編輯。」

「她說她是我小說的忠實讀者。」熱海注視美奈後，慢慢將視線移往後輩作家。

「哦。」唐傘面無表情地回答。但在熱海看來，他的目光中開始滲出嫉妒之色。「像是喜歡怎麼樣的作品？」唐傘問美奈。

「當然是《擊鐵之詩》。」美奈握緊雙手。「在戲劇化的故事發展中，蘊含許多深刻的訊息，幽默又有許多令人感動的橋段，我覺得是很棒的作品。」

「哦，原來如此。」唐傘露出情緒低落的表情。聽到自己迷戀的女性稱讚別的男人的小說，肯定不會好受。

「這次他要在我們家出版的新作也是傑作，叫《狼的獨旅》。」美奈加上這句話。

「這樣啊。」唐傘不太愉快地點頭說。「我也從小堺先生口中聽過這部作品。聽說是未曾公開發表的新作。」

「沒錯，是正統派的冷硬小說。我會送一本給唐傘先生，請務必讓我聽聽您的感想。」

唐傘露出複雜的神色點頭，看著熱海說：「我必定拜讀。」

「沒關係，你不用勉強。」熱海臉上浮出從容的苦笑。「對了，川原小姐，我想跟妳商量新作的事，能不能到安靜一點的地方談談？」

「啊，我知道了。那唐傘先生，我再跟您聯絡。」

「好。」唐傘回答。他的臉上失去活力。活該，熱海想。他肯定是看到川原美奈剛才的態度，領悟到自己沒有勝算吧。這場宴會後，熱海打算邀她到別的地方。他早已決定等到兩人獨處，就要表明戀慕之心。根據情況，甚至可能進展到求婚——

5

他準備離開宴會會場時，有人從背後喊：「小堺先生。」小堺肇停下腳步，轉身向後。年輕作家唐傘散華快步靠近。「有什麼事嗎？」小堺問。

「能耽擱你一下嗎？我有重要的事想說。」

「啊，好的。」小堺有點緊張，因爲唐傘的表情很嚴肅。

他們離開會場到人煙稀少的地方。由於有沙發，他們面對面坐下。「其實，我有件事想麻煩你。」唐傘露出苦惱的表情。

「是什麼事呢？」

「是關於川原小姐。」

「啊……好的。」小堺挺直背脊。他已經預測到會聽到什麼了。

「很抱歉，可不可以換一個責任編輯呢？」

「唉。」小堺嘆氣。跟他預期的一模一樣。「她做了什麼讓您反感的事嗎？」

唐傘搖頭。「完全沒有。只要見面，她就會一個勁地稱讚我或是我的作品。」

「那樣不好嗎？」

唐傘發出低吟。「問她對我的作品有什麼感想時，她的回答老實講一點都無法作爲參考。非常感動、好棒、眞是傑作——來來去去都這幾句話。問她有沒有哪裡特別好，她就回答每個地方都很好，問她覺得我至今爲止的作品哪一篇最好，她說分不出優劣。」

「大概是因爲她眞心這麼想。唐傘先生的作品我當然全都讀過，確實每一篇都很出色。川原調來出版部的時日尙淺，才會無法好好表達出來。」

「不，」唐傘側過頭說，「我覺得這不是原因。」

「請問爲什麼？」

說了一句「因爲」後，唐傘先環顧四周才壓低聲音繼續說：

「剛才她稱讚熱海先生的作品，而且是《擊鐵之詩》。」

「她怎麼說？」小堺不禁放低聲音。他有點害怕聽到回答。

「戲劇化的故事發展中，蘊含許多深刻的訊息，幽默又有許多令人感動的橋段，是一部很棒的作品——她這麼說。」

「川原這麼說嗎？」

「對。」

「她說的是《擊鐵之詩》？」

「是的。」

「不是在開玩笑？」

「她在當事人面前說的。」

小堺環抱起胳膊。他開始有點頭痛。

「戲劇化的故事發展中，蘊含許多深刻的訊息，幽默又有許多令人感動的橋段，是很棒的作品。」唐傘重複同一段話。「她讀完我新作後的感想跟這個完全一樣。」

或許眞有這麼一回事，小堺想。他好幾次聽到她對其他作家說出同樣的話。

「不論各個作品的水準，我的作品是本格推理，《擊鐵之詩》是冷硬派小說，感想相同不是很奇怪嗎？」

「您說得沒錯。」

「對於熱海先生的新作，她也誇口說那是一部傑作，是正統派的冷硬小說。她說的可是小堺先生曾說『如果當成搞笑小說，勉強可以做爲商品』的作品。」

小堺握拳敲敲額頭。「傷腦筋。」

「請問她究竟是什麼樣的人？她眞的有心認眞做事嗎？」

「我覺得她當然有這個心，只是她拚命的心情是以不一樣的形式呈現。」

「這什麼意思？」

「其實她以前待在娛樂雜誌。」小堺辯解。「長期面對藝人，她似乎養成無論如何先大力稱讚再說的習慣。」

「哦。」唐傘露出無奈的表情。

「而且她以前好像都負責很多偶像，就感染到那種反應方式了。」

「她好像眞的有這種傾向。」唐傘似乎恍然大悟，大大點頭。「總而言之，那個人當責編，我會寫不出好作品。尤其我還是新手，需要編輯告訴我毫無保留的意見。」

唐傘說的話是正確的。這對年輕作家來說尤其重要。

「我知道了。那我請上頭讓我調回來。我當責編可以嗎？」

「這樣就行了，麻煩你。總覺得我好像在耍任性，實在是於心不安。」

「不會，您坦白說出來眞是太好了。其實好幾位老師也有同樣的抱怨，提到跟她談話就會覺得步調全亂……」

「果然。」唐傘完全同意。「這或許不太好，不過我想不會有作家把她的話當眞。但我不認爲她是壞人，而且她對任何人都很親切。如果是娛樂雜誌，她或許眞的很適合。」

「沒錯。不過由於一些原因，她才調任到這裡。」

「聽說她與同職場的人結婚了。」

「您知道啊？沒錯，因爲規定夫婦不能待在同一個職場——總而言之，唐傘先生的事由我負起責任，請您不用擔心。」

「麻煩你了。」唐傘這麼說完就離去了。小堺目送他的背影離開後拿出手機，準備通知川原美奈責編異動的事。

現在她在哪裡做些什麼呢——他心不在焉地想著，開始打電話。

決選入圍作

1

聽到營業部長有話跟他說時，石橋堅一有一點——正確來說是相當強烈的不祥預感。尤其被通知不是前往經理座位，而是小會議室這點也令人在意。他來到房間就看到等著他的不只營業部長，人事課長也在。他是個圓臉上總擺出假惺惺客套笑容的人物。

說出眞意的是人事課長。他說，這次要成立新部門，希望他擔任負責人。聽到部門的說明，石橋陷入灰暗的心情。總務部檔案備份課這個名稱煞有介事，但簡單來說就是管理舊資料的部門，恐怕沒什麼重要工作可做。「目前你一個人負責，不過早晚會分配幾個課員過去。」人事課長這麼說，但他肯定一點也沒有這個打算。

「你如果離開，我也會困擾，不過總務部苦苦央求，我只好答應了。」總是神色兇惡的營業部長變得像能面一樣面無表情。「對你來說，或許會成爲很好的經驗。」

鬼扯什麼啊，石橋在心裡咒罵。這個不講理的人事異動怎麼可能跟營業部長無關。這個新任部長是從別處調來，恨不得從職場剷除自己最討厭的前任部長培養已久的部下。公司恐怕也期望石橋會表達出辭意，這也是公司重組的一環。

「你願意接受吧。」人事課長淺笑著這麼問，臉上寫著「想拒絕就提出辭呈」。

「我明白了。」石橋回答。他四十六歲，有妻有女，公寓的貸款還剩近二十年才還得完。他不可能辭職離開公司。

一個月後，石橋換到新職場。那是在總務部所在的樓層最邊緣的座位。令他驚訝的是，吸菸室就在正後方。雖然用壓克力板隔開，但每次開闔都有煙飄過來。此外，比什麼都難耐的是彷彿從頭到尾都被吸菸室裡的人盯著的感覺。工作時或許不會在意，但他每天都在煩惱今天究竟該做什麼來打發時間。他有時會盯著舊資料，但這僅是在假裝工作的模樣。由於要顧慮旁人的目光，他也不能看跟工作無關的書或上網。

一個禮拜過去，石橋開始考慮跳槽。他不甘心順了公司的意，但終究無法耐得住在這樣的狀況下度過好幾年。

話說如此，跳槽並不容易。若擁有相當稀有的證照或技術還另當別論，但他沒有這些東西。下班回家的路上，他繞到書店看了看相關書籍，卻找不到能參考的書。跳槽情報誌完全派不上用場，在他四十六歲的這個時間點，一切就出局了。

不知不覺，他已經走到小說區。這麼說來，最近都沒看小說。他以前非常喜歡推理小說，年輕時甚至寫過。

他看到一本書大量陳列在架上，原來是推理界代表性的入行管道——灸英新人獎的得獎作品。石橋之前就知道得獎者是個叫做唐傘散華的作家。他稱為現在推理界最受期待的新人。回過神時，石橋已經買下那本書。他在回家路上的地下鐵中讀起來。作者照理說是業餘人士，文筆卻相當不錯。他一下就讀得入迷。

回家吃完晚餐後，他繼續讀。「眞難得，你是怎麼了？」他被妻子這麼問。「我對這有點興趣。」他只這麼回答。他還沒告訴妻子自己調到另一個部門了。

他在就寢前讀完整本小說。石橋坐在客廳沙發上，凝視著半空。這不是因爲受到故事感動。他得到的印象反而是，什麼嘛，得獎作品不過這種程度。

占據他內心的是印在這本書最後一頁的文字。

新人獎的徵文辦法。

2

石橋想，重點果然是主角要設定成什麼職業。

根據網路調查，從事特殊職業的主角比較容易在這個獎項中得到高評價。似乎只要適度列出與職業相關的冷僻知識，加入社會問題再描寫殺人事件，獲獎機會就會大增。

提到社會問題，老人照護就浮現在腦中。他聯想到看護這個職業。要用看護當主角嗎？不，再特別一點比較好吧——

石橋在位置上左思右想。決定投稿推理新人獎的那天開始，推敲小說構想就成了在公司的主要工作。雖然跟原本的業務毫無關係，不過其他人也不會知道他在想什麼。一旦浮現好點子，他就偷偷做筆記。

「你真行啊，石橋先生。這麼認真看從前的專利情報的人可不多哦。」從吸煙室走出來的男人帶著挖苦的笑容諷刺他。他剛才八成在吸菸室跟其他人講石橋的壞話，說他都受到這種對待了，真虧還能死賴在公司不走。

但石橋沒有顯露半點不快，他微笑回答：「因爲我在拚命習慣新工作。」男人傻眼似地聳聳肩，什麼也沒說就離開了。等著瞧——他對著那個背影嘀咕。

他一回家就窩在臥房，因爲裡頭擺著夫妻共用的書桌。搬進這間公寓時，他其實想要一間書房，但沒有這樣的閒錢，妥協方案就是這張書桌。桌上放著鏡子，抽屜裡塞滿化妝品，不過總比沒有好。他一邊參考筆記，一邊將在公司時想好的內容輸入電腦。以此爲基礎，他再進一步構思故事。他早就決定完成全部架構再開始寫。專業作家中似乎也有不考慮如何發展就直接動筆的人，但外行人不可能這麼順利。

石橋至今爲止在工作中也是這樣進行。確信絕對順利進行之前，他不會主動行動，並且採取重視前例的態度。他看過好幾個挑戰革新而失敗的人了。這個社會絕大多數都由扣分主義形成，小說恐怕一樣。最後關頭肯定會變成找缺點大賽。

「你最近怎麼了？每天都把工作帶回家。在公司做完不是很好嗎？」妻子在吃晚餐時抱怨。

「爲了節約經費，現在禁止主管階層加班。我也沒辦法啊。」

「哦。明明經濟不景氣，你卻很忙呢。」

「妳不懂，就是因爲不景氣才忙。」他編出這個莫名其妙的理由，混過這一關。

兩個月過去，小說的架構終於完成了。從整體構成到細節發展都經過全面推敲；至於登場人物，他也顧及讓他們個性不重複，留意每一個行動都沒有不自然之處。他徹底排除牽強的發展，追求眞實性。他算了算，大綱換算成稿紙就有百來張。剩下就是寫出來了。石橋算出到截稿日爲止的天數，決定在不勉強的範圍內一天平均寫多少字。

他每天都很開心。在公司的期間不再推敲小說構想，取而代之的是他任憑思緒馳騁。

他夢想著得獎狀況，重新安排今後的人生計劃。當然，他會辭職。他一想像起將辭呈摔到可恨上司眼前的時刻，就滿心激動。旁人想必大吃一驚，用羨慕的眼神看他。

他回家後就執筆寫作。大綱已經完成，寫起來並不辛苦。對於週六日都坐在電腦前的丈夫，妻子顯得有點不安地在一旁看著。接著，截稿日前一週的週四，小說終於完成了。他在週五趁全家都不在的時候印出來，下禮拜一就到公司附近的郵局寄到出版社。

他懷抱著滿心的祈願。

3

三月的某一天，那通電話打來了。

當時石橋正用膠帶修補破破爛爛的資料。這是他最近找到的工作。只要細心去做，就能當成打發時間的好辦法。手機顯示出完全沒看過的號碼。雖然有點不安，但沒事做，他還是接起來。「喂。」

「啊，您好，請問是石橋堅一先生嗎？」沒聽過的男聲用格外輕快的語氣說。

「我就是。」

「抱歉突然打電話給您，我是致應設初版部的小界。感謝您平日的關照。」

「啊？」對方說得太快，話連一半都沒進入腦中。「不好意思，麻煩你再說一遍。」

「失禮了，我這邊是致應設，是一家出版社。這樣講您能明白嗎？」

「啊……」致應設終於在腦內轉換成灸英社，他同時吃了一驚。這就是主辦新人獎的出版社。「是、是的，我聽懂了。嗯，不好意思。」他全身冒出冷汗。

「感謝您這次投稿敝出版社的新人獎。」

「啊、喔……」他不知道如何反應才好。

「現在方便占用您一點時間嗎？」

「啊，沒問題。」

「其實是關於石橋先生這次的作品，有些事想跟您商量，不知道能不能在哪裡見一次面呢？您住在東京對吧。只要您指定地點，不管哪裡我都可以去。」

「商量……請問要商量什麼？」

他投稿的稿件有什麼不完善的地方嗎？不安在心中蔓延開來。

「這點希望等見面之後再談。您覺得如何呢？雖然我想您應該很忙。」

他一點都不忙。而且聽到對方這麼說，沒人會不在意吧。當他說今天見面也沒問題，對方就明快地說：「那眞是幫大忙了。」他們約好下午六點在離石橋家最近的車站裡的咖啡廳見面。

在相約地點等待的是一位瘦弱男子。他並不引人注目，存在感稀薄。石橋原本想像對方是充滿精力的人物，心裡一陣意外。男人正式報上小堺這個名字。

「我拜讀過您的作品了。」互相打過招呼並點咖啡後，小堺禮貌地低頭說。「描寫傳統殺人事件的同時，也處理到照護問題與匯款詐騙案件，讓人感受到無懈可擊的作風。初選評審的評價也非常好，這件事不太能大聲說出來，不過，」他向周圍一掃，又繼續說，

「八成會留下來成爲決選入圍作。」

「什麼！」石橋不禁挺直背脊。「你是說眞的嗎？」

小堺微微點頭。「正式決定是在一個多月後，但應該不會有錯。」

太過開心，石橋說不出話。這不是夢嗎？他在桌子下方偷偷捏了捏大腿，會痛。

「我想跟您商量的是，」小堺探出身子，「篇名的事情。」

「有什麼問題嗎？」

「不，也不算是問題。」小堺舔舔嘴唇。「不過現在的篇名是〈照護問題殺人事件〉，我們覺得再怎麼說都不太合適。」

「有何不妥嗎？」聽到石橋這麼問，小堺發出低吟。

「該說是太過直接，還是不夠特別……篇名加上殺人事件這點也一樣，如果是二十年前就算了，現在不太能吸引人。考慮到假如眞的得獎，現在換個名字比較好。而且如果在報紙上發表時與書本出版時的標題不同，讀者也會混亂。」

聽著聽著，石橋的身體逐漸熱起來。

根據小堺的口吻，他明顯認定石橋的作品得獎機率很高，否則不會特地來見他。

「您覺得如何？時間不急，不知道能不能請您另外想一個題目呢？」小堺注視他。

「我知道了，我馬上想。我會想個好題目。」石橋數度點頭，如此回答。

4

見面約一個月後，小堺的話證實並非謊言，因爲石橋家收到灸英社的限時郵件，通知他成爲新人獎候選者。那是個週六白天，幸好當時只有石橋一個人，沒被妻子跟孩子發現。石橋數度重讀內文：您投稿的〈神祕看護〉入圍第五屆灸英新人獎決選，特此通知——

他有種想跳起來的心情。雖然小堺那樣說，但他一直不安地認爲事情不會這麼順利。

「怎麼搞的，你從剛才就一直偷笑，眞讓人不舒服。」晚餐時，妻子皺起眉頭。「發生什麼好事嗎？」

「不，沒什麼。我想起白天看的電視。」

「什麼啊，你還眞閒。沒其他事可想嗎？」

雖然她用鄙夷的口氣數落自己，石橋卻不生氣。妳總有一天會明白，了解我多麼厲害的日子將會到來。他這麼想著就能原諒一切。他在公司時也一樣。他最近被別的部門、尤其是年紀比他小的人委託雜事的狀況日漸增加，但他欣然接受了。

哼，改天等著瞧——一面整理倉庫，石橋在心中咒罵。等到得獎，他馬上要離開這種公司。他要成爲暢銷作家賺一大堆錢，給所有人一點顏色瞧瞧。但他只興奮兩、三天。隨著他冷靜下來，「究竟能否得獎」的不安時時盤踞腦海，他無法思考除此之外的事。

石橋再度重讀過去的得獎作品，瀏覽所有評語。什麼作品會得獎，什麼作品會篩掉？

自己的作品跟過去的得獎作相較起來如何，是有所遜色還是能相匹敵？

不管怎麼想都想不出答案，他決定別再想，但這件事不知不覺間占據他的思考。給他另一種啓發的，是一位知名作家的簡介。上頭寫到對方在某新人獎入圍決選，造就出道的契機。所謂的恍然大悟就是這麼一回事。沒錯，得獎並非出道的必要條件。仔細想想，沒有得到新人獎就成爲作家的人多得是。

問題在於石橋這次的作品是否有這樣的水準，而以這種方式出道會有什麼風險。這不問問專家意見就無從得知。網路留言板上有人留下相關內容，但無論何者都是缺乏根據的想像，根本靠不住。

他煩惱到最後，決定連絡小堺。之前碰面的時候，他曾拿到名片。

很快就連絡上對方了。當他說有事想商量，小堺發出有些意外的聲音，但還是說：「我明白了，我會試著調整行程。」結果他們約在當晚見面，地點是上次那家咖啡店。碰面並打過招呼後，石橋問：「請問狀況如何了？」

小堺露出疑惑的表情。「您是指什麼？」

「所以說……」石橋支支吾吾。小堺似乎查覺到他內心想法，露出苦笑。

「如果您是說評選狀況，我什麼都不知道，所以無法回答。現在評審委員還在看稿，就算有人讀完，發表結果前都無法聽到他們的意見。」

這是如同他預期的答案。「果然是這樣啊。」

「我很明白您想早一刻知道結果的心情，但請您再忍耐一陣子。」

「是，我能理解。不過除此之外，我有另一件事想商量。」

「請問是什麼事呢？」

「其實……」石橋開口。得獎的話就不用說，但假如沒有，他個人還是想出道成爲作家。藉由這次的作品，究竟有沒有可能達成這個目的——簡單來說，就是這樣的問題。

小堺點頭，但露出爲難的神色。

「現在還不用想這種事。這可以等評選會結束再說吧？」

「哦……我也猜是這樣，不過還是會想，如果落選還是有成爲作家的途徑，我就能帶著希望……不好意思。」石橋縮起脖子，低頭道歉。

小堺帶著有些困擾的神情陷入沉默，但表情隨即柔和下來。

「如同我剛才所說，我認爲現在還不是考慮那種問題的階段。不過僅就事實而言，出版未得獎作的例子，至今爲止有過好幾次。石橋先生的作品也一樣，可能性不是零。」

「眞的嗎！」他有種視野突然敞開的感覺。

「可是——」小堺沉著地說。「認爲這樣就能出道成爲作家是非常危險的。過去確實有透過這個契機而熱賣的作家，但我可以斷言現在無法抱持這樣的期待。近來就連得獎作品都無法印太多本，如果是落選作，要賣到得獎作的十分之一都很勉強。而且無法宣傳，這樣一來就不會接觸到群眾，無從炒熱話題。所以請您不要考慮這種事，如果落選就再次挑戰，麻煩您抱持這樣的態度。」

小堺的話聽起來讓人感到痛切。

「這麼嚴苛嗎？你的意思是說，沒得獎就不行對吧？」

「很遺憾，這就是現實。」

「這樣啊……」

看來「就算落選還是能出道」是天眞的想法。石橋再次認知到作家之路多麼險峻。

「您還有其他事想問嗎？」

石橋有些猶豫，但還是開口：

「其實我還有另一件想確認的事。呃，不過你也可能又要我得獎後再想。」

「請問是什麼事呢？」

「我以前就很想知道，如果獲得新人獎出道，之後能得到什麼程度的生活保障。」

「保障？」小堺的臉上浮現困惑的色彩。「您是指……」

「例如說，假設得到炙英新人獎成爲作家，接到的工作數量到什麼程度？一年最少一部長篇或是短篇兩篇之類嗎？還有，我想知道書出版時的最低印量與版稅。此外，希望你能告訴我健康保險跟年金怎麼算。」

5

「怎麼了？你臉色好像不太好。」回家後，妻子這麼說他。

「沒事。」他說完就前往臥室，脫掉上衣後躺到床上。他回想起約一小時前與小堺的交談。面對石橋關於有無保障的問題，小堺的回答簡單明瞭。

那就是完全沒有。

「我們能承諾的就是將得獎作品出成書，就這樣。那部作品如果受到矚目，其他出版社會來邀稿，敝出版社也會委託作者寫稿；除此之外，我們難以給作者任何保證。」

這表示出道是一回事，往後還是可能完全接不到工作嗎？小堺的回答是肯定的。

「出一本得獎作就消失無蹤的案例並不少見。由於不會殘留在眾人記憶中，這些例子不引人注目就是了。出道後接二連三受到邀稿的人還是比較少，以我們家來說，頂多就是唐傘散華先生。」

但趁著得獎的機會，辭掉過去的工作成爲專職作家的人不是很多嗎？當他這麼說，小堺答道，這是一種賭博。

「說來說去，兼顧兩邊還是很困難。我可以理解您想拚一把的心情，但這還是很冒險。在公司工作的同時，每幾年以玩票心態出一次書比較安全。」小堺用勸解的語氣說。他或許看穿石橋打算得獎就辭掉工作。

的確，假如這是如此沒有保障的世界，投身其中或許太過魯莽。靠獎金跟出道作的版稅也許可以維持一段時間的生計，但要是沒有工作，存款想必馬上見底。

小堺說一邊工作一邊寫作就行了，但事實上不可能。石橋的公司禁止打工。景氣好的時候這條規定並未嚴格執行，公司外的音樂活動等都受到默許，但不景氣的現在就不一樣。公司意圖強加各種莫名理由來裁撤員工，所以這次他用筆名投稿，光是投稿被人發現都會產生麻煩。但假如眞正出道，總有一天會在公司敗露。這樣他無疑會被解僱。

怎麼做才好？就算眞的得獎，他也該放棄成爲作家嗎？

他聽到妻子的呼喚，似乎是叫他吃飯。石橋緩緩起身。

雖然在餐桌邊坐下，他卻完全沒有食慾。

「你在發什麼呆？不吃嗎？」妻子露出狐疑的表情。

「沒事。」他拿起筷子。即便將菜餚送進口中，他卻食不知味。他想，要不要跟妻子談談看？假如說出入圍新人獎決選的事，她就不會認爲這純粹是夢想吧。說不定會意外說出「如果有想做的事，就去做做看啊？」這種話，在背後支持他。

「其實……」他開口。但電視音量很大，他的話沒傳進妻子耳中。妻子跟讀國中的女兒一邊吃飯，眼睛直盯著電視。

畫面上映著一個正在做拉麵的男性身影。他每做一份就嚐嚐味道，然後歪過頭。

「嗚哇，眞悲慘。」妻子皺起臉。

「怎麼，那個拉麵師傅怎麼了嗎？」

「那個人不是一般的拉麵師傅。報導說他原本是銀行員，但無論如何都想開拉麵店，所以辭去工作。但眞的開店後卻完全沒客人上門，所以他從許多人那邊得到建議，做了種種挑戰。不過果然還是不行呢。」妻子皺起眉頭，唇邊泛起似乎帶點惡意的微笑。

「眞傻，繼續當銀行員不就好了。」女兒也說。「拉麵師傅已經一大堆了，成功哪有那麼容易。」

「但就是有人不了解這一點亂來。這種人只會給周遭添麻煩，尤其是他的太太有夠可憐，眞同情她。」大概是覺得事不干己，妻子的語氣很輕鬆。

石橋垂下頭心想，看來沒希望了。既然她是這樣看待拉麵師傅，他不敢想像自己說出想成爲作家，她會還以什麼反應。

6

聽到總務部長的話，石橋懷疑起自己的耳朵。他一句話都說不出來。

「怎麼，有意見嗎？」總務部長板著臉抬頭看他。「我想你應該知道，我們公司現在處在困難的狀況。能節省的地方就一定得省，這點你可以理解吧。」

「這我明白，可是……」他的聲音嘶啞。

難以置信。石橋被指派的新工作是清潔辦公室，負責打掃事務所。公司之前都是委託業者，但爲了節約經費，高階主管提出要社員自己處理，最後決定先在總務部實施作爲試驗。也就是說，石橋須獨自打掃總務部這整座層樓，還被要求在上班時間前完成。

「不願意就拒絕也沒關係。」總務部長說。「到時候只會變成違反公司指令。」

他想說的是「只是會把你開除罷了」吧。石橋小聲回答：「沒這回事。」

他回到座位上，腦中一片空白，什麼都無法思考。當然，本來就沒什麼正經事，因此沒對工作造成影響。

恢復冷靜後，一個念頭再度浮現。這種工作辭了算了。他要辭掉工作成爲作家。得到新人獎就馬上丟出辭呈。這是最好的，也只能這樣做了。雖然小堺那樣說，但目標是專職作家的人並非全數失敗，不是有很多人成功嗎？自己要進入成功的作家行列中。今晚就告訴妻子吧，坦白說出想成爲作家的念頭——堅定決心的石橋離開公司。

但在家裡等著他的是來自妻子的商量。

「今天我查了很多資料，好像還是讓孩子上英語會話補習班比較好。不過上高中後學費會增加，我在想該怎麼辦。欸，你的薪水有沒有調漲的希望？」她望著家庭記帳簿這麼問。石橋眼前一暗。別說調薪，連薪水都可能快沒了。要是說出這種話，妻子肯定會抓狂。「欸，怎麼樣？」妻子問個不停。

「其實——」石橋說。「接下來我得早一小時上班，應該會有相應的超時津貼。」

「眞的嗎？那就幫大忙了。」

看到妻子兩眼放光，石橋感到胸口隱隱作痛。

開始負責清掃事務所後，他在職場的立場又低了一階。每個人都只把石橋視爲清潔工，甚至有人用粗魯的語氣對他說，「廁所的衛生紙沒了」。

每次按捺住怒氣，某個想法都會在心中膨脹。

啊，好想辭職離開這種公司。

好想成爲專業作家，給這些傢伙一點顏色瞧瞧。

但回家看到妻女的臉，他無論如何都無法開口。她們相信現在的生活會持續到永遠。她們以爲這種每月都拿得到薪水，夏天跟冬天都會有獎金的生活往後也不會動搖。

怎麼告訴她們才好？有什麼不會打擊她們的方法嗎？

他想，展現出自信不就好了嗎？明確說出自己有做爲一個作家活下去的自信，她們的不安就會稍微減輕吧？但若她們向他尋求根據，他又怎麼辦？光是「得到新人獎」這個理由想必太薄弱。

「爸爸，你怎麼了？你的表情好可怕。」用餐時，女兒看著石橋說。

「啊，沒有，沒什麼。」石橋別開視線。

「這陣子你一直很奇怪。在公司發生什麼事了嗎？」妻子露出懷疑的表情。

「我都說沒事了。我只是有點出神——」罷了。他打算這麼說，此時腹部竄過一陣劇痛。石橋臉一歪，滑下椅子蹲在地上。

他到醫院就診。「這是胃神經官能症。」醫生說。「你是不是有什麼煩惱？先決條件就是要解決那個問題。」

石橋默默點頭。如果做得到，他就不用這麼辛苦了。

每次在公司受到過分對待，他都決定快點辭職離開這種鬼地方，成爲一個作家。但他沒辦法向家人坦白這件事。每天都過著焦躁的日子，神經都快出問題了。

接著，命運的日子終於到來。那就是炙英新人獎發表的日子。石橋從早上就靜不下心。要是得獎，再怎麼說都無法繼續隱瞞妻女。他早就決定好今晚一定要告訴兩人。

但這一天什麼都沒發生，似乎也就這樣結束。下班前，他被總務部長叫過去。這種時間對方有什麼事？這次他又想說什麼？

「你習慣打掃了嗎？」一看到石橋，總務部長就這麼問。

「算是吧。」他答得含糊。習慣了是事實。

部長點頭說，這樣啊。「我們對你的工作狀況非常滿意，因爲大幅降低成本。所以說，我們決定接下來成立一個負責公司內所有清掃工作的部門。」

「咦？」

「就命名爲總務部辦公室清潔課，課長當然是你。你會接受吧？」

石橋瞪著總務部長，緊緊握住右手。

7

「哎呀，那是怎麼了？」妻子看著石橋的右手。想必是因爲看到上頭纏著繃帶。

「啊……我跌倒受傷，到藥局請人幫我緊急包紮了。」

「什麼嘛，眞不小心。到底是在哪裡跌倒的？」

「在車站樓梯。」

「哦。」妻子似乎失去了興趣。

石橋看向客廳。女兒坐在沙發上，正在用手機。他做了一個深呼吸。妻子在廚房裡面對著爐子。「你們兩個，」他大聲說，「現在可以聽我說一下嗎？」

妻子跟女兒停下動作，同時看向他。

「我有重要的事要說。」他說。「非常重要的事。」

妻子的臉上流露出不安與困惑的色彩；女兒臉上除此之外還參雜好奇的神色。

我決定辭職離開公司——這麼說的話，兩人的表情會有什麼改變呢？毫無反應？這是不可能的。開心？這也難以想像。會生氣嗎？這個可能性很高。接下來會哭吧。

「怎麼了？」女兒顯得訝異。「有話要說的話，麻煩你快點。」

石橋吸了一口氣。「我要——」

就在此時，他放在上衣內側的手機響了。他拿出來接電話。

「喂，請問是石橋先生嗎？我是灸英社的小堺。」

「啊……是，我就是。」心臟狂跳。對，就是今晚。他忘了這件重要的事情。

「評選會剛才結束了。」小堺停了一拍說，「很遺憾，這次您未能得獎。」

「啊……」

「很可惜。缺點很少這點受到好評，大家都說寫法踏實而不走險，安定感十分出眾。」

「……明明是這樣，卻還是不行嗎？」他顫抖地問。

他聽到小堺嘆氣。「所有人一致的意見是，感覺像在讀標準答案。文章照本宣科，結構是基本架構，情節也沒從固定類型中踏出任何一步，感受不到新奇感與實驗精神。甚至有人說，這個作者或許是無法冒險的性格。也有人提到，這種性格的人不適合當作家。」

石橋陷入沉默。他無法反駁。「我會再聯絡您。」小堺說完就掛斷電話。

石橋坐倒在椅子上。全身上下似乎都失去力氣。

「怎麼了，怎麼回事？剛才那通電話誰打來的？」妻子隨即發問。

石橋搖頭。「什麼事都沒有。」

「可是……」

石橋腦中有種種想法打轉，就像洗衣機中的衣服一樣。在那之中，也有夢想成爲作家的自己。那個夢想急速褪色了。不久，他站起身，輪流望向妻子與女兒。

「其實，這次我被調到一個叫辦公室清潔課的部門。」

「辦公室清潔？這該不會是……」妻子的臉色發青。

「是什麼工作內容都沒有差別。」他用強力的語氣說。「不管去哪裡，工作就是工作。交給我辦的事情，我就會拚命去做，如此而已。」

妻子跟女兒帶著困惑的表情聽著石橋的宣言。兩人都沒說話，但唇邊不久後就浮現安心的笑容。石橋坐回椅子上，摩娑包著繃帶的右手。這是他在下班回家的路上，順著怒氣朝牆壁槌了一拳，結果傷到拳頭。不過幸好他打的是牆壁。

接著，他注視著手機想：

還好沒得獎，這樣就不用有任何迷惘了——

小說雜誌

1

「參觀職場？」看著上司的臉，青山重複他的話。「請問是怎麼回事？」

「哎呀，不是什麼大不了的事。」神田有些尷尬地撓頭。「我家二兒子是國中生，好像在學校答應什麼麻煩事。」

「他約好讓同學參觀父親的職場嗎？」

「對，似乎是這樣。聽說班上分成好幾組，要訪問隨便哪位家長的職場。我兒子脫口說父親在出版社工作，結果大家都有興趣。」

「所以神田先生答應了嗎？」

神田再度低吟。「我個人很想拒絕，但想不到高明的藉口。我兒子也說他答應朋友了。」

「哦。」青山含糊點頭說。「那麼神田先生要我做些什麼？」

「所以說，」神田將手放到青山肩上，「需要導覽人員。要是他們在編輯部亂跑也很傷腦筋吧？所以我想麻煩你。可以嗎？」

「咦——」他不由得表情一歪。「請問是什麼時候？」

「就是今天。」

「咦——」他的表情又歪了一下。「我得安排好赤村老師的取材計畫。」

「這個不急吧。如果無論如何都要做，就請其他人代替你。拜託了。」神田在臉前雙手合十。青山嘆氣，抓了抓頭。他平日常常受到神田照顧，無法順利拒絕。

「我明白了，我會努力看看。」

「幫大忙了。」神田發出打從心底感到放心的聲音。

青山回到座位上。他啓動電腦查看郵件等等，但怎樣也靜不下來。該怎麼對國中生說明工作內容呢？他的職場是《小說灸英》編輯部。《小說灸英》是灸英社發行的小說雜誌名稱，青山原先待在單行本部門，不久前調職了。

編輯單行本跟編輯小說雜誌的工作內容大不相同。單行本只要有一位作家的原稿就能成立，但雜誌必須收集起複數作家的稿件才行。而且內容不單是小說，還有隨筆、對談、訪談報導等等，種類多樣。會有內頁照片，也有漫畫，小說還得配上插畫。該做的事情堆積如山，一個人根本做不來，需要團隊合作。新來的青山還處在用盡全力熟悉工作的階段，這樣的自己眞能應付好國中生嗎？他不安起來，但仔細想想，其他前輩社員都有遠比青山更繁重的工作。就算從現實面來想，他只有接下一途。

上午十一點多時，他的肩膀被輕輕拍一下。是神田。

「他們到了。我們走吧。」

「好的。」回答後，青山站起身。他們下樓到櫃檯所在的正面玄關，那裡有群穿制服的孩子。男生三人，女生兩人，所有人看到青山他們都低頭打招呼。眞有禮貌。神田走向一位少年，跟他交頭接耳。看來那是他兒子。仔細一看他們有點神似。

接著，神田對其他孩子露出討好的笑容。

「各位，辛苦你們遠道而來。我是在《小說灸英》編輯部擔任總編輯的神田，歡迎你們今天慢慢參觀。他是負責導覽的青山，有不懂的事通通可以問他。」他連珠炮似一口氣說完。「那麼青山，之後就交給你了。」他接著這麼說。「我接下來須去主管辦公室。」

「啊，好的。」青山才剛回答，神田馬上走向電梯間。目送對方的背影離開後，青山再次與這群國中生對峙。稚氣未脫的臉上都帶著緊張的色彩。

「那我們走吧。」青山邁出步伐，那群國中生慢慢跟上。

他們搭電梯前往編輯部的樓層。那群國中生拿著同款式的手提袋，隱約見到其中一人的提袋放著《小說灸英》，看來事先做過預習。他佩服地想，眞認眞啊。

走出電梯後，青山帶領他們參觀文藝局的樓層。無論是製作單行本的部門還是製作文庫本的部門，全都在這裡。裡面擺著成排書桌跟櫃子，卻雜亂得無與倫比，連地板上都堆積著書。那群國中生似乎對這亂七八糟的狀況感到驚訝，只能睜圓眼。

「大家都很忙，沒時間收拾整理。」青山辯解。

他將那群國中生帶到《小說灸英》編輯部的區域。這裡沒有神田的身影，只有三位編輯部員坐在書桌前。他們應該知道國中生要來參觀才對。不知道是不是沒有興趣，他們看都不看青山他們的方向。會議桌空著，所以他要那群國中生在折疊椅坐下。三個男生坐在青山對面，兩個女生將他夾在中間。

「那麼……」青山舔舔嘴唇，「首先從哪裡講起？你們想知道哪方面的事？」

戴眼鏡的男生舉手。「我有問題。」

「什麼問題？」青山問。

眼鏡少年從提袋拿出《小說灸英》。這彷彿是信號，所有人都拿出來放到桌上。

「哦，大家都買了啊，眞令人高興。」當青山這麼說，所有人臉上都浮現不知所措的神色。「不是的。」這麼說的是神田的兒子。

「參觀的事確定後，我請家父幫我準備五本。因爲聽說有剩。」

「啊……這樣啊。也對，不可能買嘛。」

「對國中生來說，九百圓老實講很貴。」眼鏡少年說。「免費拿到這麼昂貴的書，我非常開心。所以我覺得不可以浪費，決定努力看完。」

「嗯嗯。」青山點頭。眞是好孩子。

「上面刊登了沒怎麼聽過的作家的短篇小說跟散文，我本來有點疑惑，但每一篇都相當有意思，可以讓人感到樂趣。原來世界上有各式各樣的作家，我學到一課。」

「聽你這麼說，我身爲一個製作者眞的很開心。」他發自內心這麼說。

眼鏡少年說了聲「不過」，並注視青山。感覺他的鏡片好像亮了一下。

「除此之外，幾乎沒有我能讀的文章。裡面刊登許多連載中的長篇小說，但中途開始讀就什麼也看不懂，最後我還是放棄讀下去。」

「啊……」青山嘴巴半張。「眞的會有這種問題。」

「不過我覺得很奇怪。花了這麼多錢……雖然我們沒花錢，不過花高昂費用買書的人能讀的文章這麼少，這沒問題嗎？」

「不，這個……」這是沒辦法的。說到一半，青山把話吞回去。不可以說出禁忌。
「我們今天最想知道的事就是——」眼鏡少年拿起《小說灸英》，封面轉向青山，「這本書賣得好不好。請您告訴我們，出版社賣這本書眞的賺得到錢嗎？」

2

這是一句碰巧在整層樓鴉雀無聲時說出的話。不對，或許不是碰巧。難道不是因爲這個樓層的所有人，一直豎起耳朵傾聽剛才開始的對話嗎？尤其是《小說灸英》的人。
無論如何，眼鏡少年的提問都在被寂靜包覆的空間中廣爲散布。
青山看向《小說灸英》編輯部的前輩。他們並非沒聽到剛才的發言，但全動也不動地坐在桌前瞪著電腦或試印稿。那些背影彷彿棄青山於不顧，對他說著「你想點辦法」。
「不，這個嘛，嗯……」青山掏出手帕，擦去額頭上滲出的汗水，「並不是沒文章可讀啊。也有很多人一直期待連載小說。」
「眞的嗎？」眼鏡少年露出懷疑的神色。
「當然，否則就不會刊登了。」
「可是——」青山右邊的女生開口，「請問那些人都是從什麼時候開始買的？看了之後，我發現有連載第三回、第十回、第二十三回等等，完全不統一。這表示不管什麼時候開始買，大部分作品都在連載途中不是嗎？」
「呃，是這樣沒錯，」青山嘴裡開始發乾，「可是不見得絕對無法從中間開始讀吧。

喏，你們不是也會讀漫畫雜誌嗎？像我們出版社的《少年龐克》那一類。上面刊登的幾乎都是連載，但大家也從中間開始讀啊。」

「我覺得漫畫雜誌的連載不一樣。」如此斷定的是當中最矮小的少年。「來這裡之前，我們試著以自己的方式做過分析。」

「分分分、分析？」

「漫畫雜誌的連載很多是一回完結的單篇。不是單篇作品，會設法讓中途開始看的人想看下去，或讓人想知道之前的經過；但在《小說炎英》連載的小說完全感覺不到這種設計。雖然大致刊登截至前一期爲止的故事概要，但感覺不出眞的有心傳達內容。」

「喔……不好意思。」嚴厲的意見讓青山不由得縮起脖子。

「青山先生，請你告訴我們。」以鄭重的聲音這麼說的是神田的次男。「《小說炎英》銷量如何，利潤又是如何呢？到底有沒有盈餘？」

面對這個最根本的問題，青山陷入沉默。他明白神田把導覽工作推給他的理由了。聽到兒子提出要求時，神田早隱約察覺這群國中生會問什麼事情。

他想逃跑，但不可能。這群國中生靜靜等著青山的回答。

他做好覺悟。想蒙混過關也無望。他深呼吸後張開嘴唇。

「的確，閱讀連載的人很少。老實說，僅限《小說炎英》來講的話，我們是虧本的。」

一陣「果然如此」的空氣流過。看得出神田的兒子重重垂下肩膀。他得知父親的職場是這樣的部門，想必大受打擊。

「不過並非完全沒有創造利益。」青山說。「連載結束後，小說就會出版成單行本，那本書基本上毫無疑問可以盈利。因爲對方是這樣的作家，我們才會委託作者寫連載。光以《小說灸英》而言是虧本，但從整體來看確實有利潤。」

他自認毫不保留說出一切，因此這群國中生應該能理解。但他們臉上無法釋懷的表情沒有改變。不久他們望著彼此點頭。眼鏡少年像代表所有人一樣，嘴唇再次動起來。

「我們討論過該不會就是這樣，否則就公司的立場來說太不划算了。不過即便是這樣，我們還是不懂。」

「不懂什麼？」

「所以……」眼鏡少年吸了口氣。「就是刊登連載小說的意義。明明就知道讀的人很少不是嗎？那爲什麼要刊登呢？」

青山不禁皺起眉頭。「你沒聽到我的話嗎？先刊登長篇小說的連載——」

「等連載結束後會出單行本。這點我懂，但我不明白連載的必要性。爲什麼不直接出單行本呢？」

聽到這個問題，青山總算恢復從容。這是入門級的提問。

「我接下來要提的案例很多。不如說，這種例子還比較多。如果是新人作家或是賣得還不太好的作家，就會直接把他們的稿子出成單行本。這種做法叫全新發表。」

「我聽過這件事。但爲什麼不全部都這麼做呢？」

「我倒很想這麼做，不過如果是當紅作家就不能這樣。」

「爲什麼呢？」

「因爲只要在小說雜誌等地方連載，就能拿到稿費，但全新發表的稿子就不會有。對作家來說，拿多一點錢比較好，所以當然以連載爲優先。」

「可是，」右側的女生插嘴，「沒有任何人會看那些連載小說吧？」

「我想並非沒有任何人……」

「不過這些不夠格做爲商品吧。」瘦小的少年說。「至少在那個時間點不會創造出利潤，卻要付稿費嗎？」

「是啊，因爲會把請他們寫的小說刊出來。」

「我有問題。」聲音在青山耳邊響起，左側的女生舉起手。那是身形頎長，帶著成熟氣質的女孩。「請問作家怎麼想？」

「『怎麼想』是什麼意思？」

「他們是在心知連載沒人看的情況下寫嗎？如果是這樣，作家好像會提不起幹勁。」

「呃，這個嘛。」青山側過頭。他在不知不覺間又失去從容了。「很難講吧。連載期間或許沒人看，但集結成書就有人看了，我想並不會提不起幹勁。」

「把連載小說集結成書的時候不會改寫嗎？」

「不，很多人會改。完全不改寫的人還比較少。」

「稿費是按原稿張數決定吧？」

「對，金額根據作家各有不同。先換算成四百字稿紙再計算。」

「既然如此……」氣質成熟的國中女生說。「連載期間隨便寫一堆廢話，集結成冊時再修改，這一招行得通吧。如果是我就絕對這麼做。」

「也就是說，」眼鏡少年繼續說，「騙稿費。」

3

編輯部的空氣依舊停留在凍結狀態。沒人往這邊看，但毫無疑問每個人都豎起耳朵傾聽。想點辦法讓這群死小鬼閉嘴——所有人似乎都在對青山施加無言的壓力。

「不，不不不。」青山在臉前擺著手。「這種事不是做不到，但不會有這樣的作家。沒人會做這種事。」

「是嗎？」國中女生似乎無法同意。

「要是這麼做，只會讓自己之後受累罷了，畢竟得重寫才行。」

「可以打混到不至於累的程度吧？如果是專家，要做到這點小事很簡單。」

青山一下子說不出話來。沒有反駁的餘地。

「被這樣拿走稿費，您不會覺得不甘心嗎？」國中女生接二連三地問。他真想一巴掌打在那張令人火大的臉上。青山先清清喉嚨。他得設法重整形勢才行。

「沒什麼好不甘心的。假如真有這種事，等到最後集結成書，我們這邊就能獲利，所以這種程度的事情也只能當作無可奈何。」

「簡單來說……」眼鏡少年的鏡片再度一閃。「這等於是作家把草稿刊在小說雜誌上。他們用那份草稿賺稿費，我這樣想沒有錯吧？」

「草稿……呃，這個說法不太好。」

「可是確實就是這樣吧？因爲都是以改寫爲前提。」

「沒那種前提啦。很多作家都是以盡量不改寫爲目標而努力寫作，但人就是這樣，有時會有超出最初計畫的地方。這些地方在集結成書的時候就會修正。」

但眼鏡少年一臉不滿地皺起眉頭。

「那種東西不就是草稿嗎？這表示連載期間刊登的不是完稿吧？」

「呃，是這樣沒錯。」

此時右邊的女生拿起《小說灸英》。

「哦，所以讀者是被推銷買下並非完成品的小說啊。明明是這樣，卻花九百圓。」

「不對，等一下。集結成書的時候確實會修正，但不代表連載期間就不是完成品。那算是完成了，只是會再改良，或者該說更新……對，就是更新。畢竟讀者應該想讀到完成度更高的作品嘛。」青山拚命熱烈述說，腋下大汗淋漓。爲什麼自己非得受這種罪不可？

他開始憎恨起神田了。

那群國中生再度互看，好像在用眼神傳遞訊息。青山有不祥的預感。

瘦小的國中男生從提袋拿出Ａ４的紙。

「來這裡之前，我們試著在網路上調查過。」

剛才是分析，這次又是調查。這矮冬瓜搞什麼啊。

「這十年間，有一百五十篇以上的長篇小說在《小說灸英》連載。」

「啊，這樣啊。」或許眞的是這樣，青山想。他沒數過就是了。

「如同青山先生所說，許多都集結成書，不過有十六部作品還沒出版。請問這是怎麼回事呢？」

「也沒怎麼回事可言，各有原因吧。例如修改曠日廢時，或還在尋找出版時機……」

聞言，矮個子國中生把拿在手上的文件放到桌上。

「十六部作品中的十部連載結束至今已經超過三年，其中五部更是結束八年以上了。這些作品現在怎麼了？爲什麼沒有集結成書呢？」

「這個……」他眞想回答「我也覺得這是個問題」，但這種話就算撕裂嘴也說不出口。不可以說出口。「這個，我也不清楚。出版單行本的是其他部門，我想這是他們跟作家討論後的結果。」

「那麼，」矮個子說，「請問能介紹那個部門的人給我們認識嗎？關於這點，我們想詢問詳情。」

話一說完，這個樓層的一部份人隨即顯得坐立不安，在外出告知板上寫了些什麼，緊接著急忙快步離開辦公室。不用說，全是負責單行本的人。

青山嘆一口氣，看向矮個子國中生。「很可惜，他們現在好像全出去了。」

「這樣啊。」矮個子國中生完全不爲所動，又拿出一份文件。「關於那些沒集結成書的作品，我在網路上調查過，結果一半以上的作品都是在故事中途突然結束連載。若視爲作者在安排故事的過程中陷入僵局而拋下不管，請問這樣的解釋是否正確？否則爲什麼變成這樣，能請您給個合理說明嗎？」

青山小聲呻吟。合理說明？哪做得到。因爲實情就跟這個矮冬瓜所言一模一樣。

「如何呢？」矮個子纏人地問個不停。

「唔，嗯，或許會有這種事。啊，不過這很少見啦。作家也是人，也會犯錯。你們也一樣吧。無論再怎麼用功，也很難考一百分。這是一樣的。」

矮個子國中生的目光變得兇惡。「一樣嗎？」

「一樣，都是人的所作所爲，當然會犯錯。」

此時眼鏡少年說：「我覺得考試跟商品不一樣。」

「商、商品？」

眼鏡少年拿起桌上的《小說灸英》。

「這本小說雜誌不是貴公司的商品嗎？不能出成書的失敗作刊登在上面，雜誌不就變成不良品嗎？正常來說應該召回、回收、免費更換成完成品不是嗎？」

4

「確定到這邊參觀的那天開始，我們做了種種研究。」眼鏡少年淡然地說。「但無論如何也無法理解，爲什麼不惜付出高額稿費也要刊登連載小說呢？可以理解目的在集結成書，但實際上也有連這個目的都無法達成的案例。這種情況下，作家會歸還稿費嗎？大概不會。那連載究竟是爲了什麼？感覺好像只是交給作家一筆不義之財而已，這樣想沒錯吧？還有，不管青山先生怎麼說，我還是覺得連載小說的實際狀況就是草稿。把草稿硬是賣給出版社，作家不會感到羞恥嗎？而出版社明知道是草稿還刊登出來，難道不會有罪惡感嗎？還是說，這是因爲作家跟出版社都樂觀地覺得反正不會有人讀連載？」

「不，沒這種事。」青山縮起身子，答得很無力。

「青山先生。」矮個子國中生說。「至今爲止的談話中，我明白了一件事，連載是以稿費的名目將錢交給暢銷作家的機制，所以不管是草稿還是什麼都沒關係。難道不是嗎？」

沒錯。總不能這樣回答，因此青山陷入沉默。

「如果是這樣，只付稿費但不刊登不就好了？而且不用像連載那樣一點一點拿原稿，而是一次拿到整份完稿，這不是比較好嗎？這樣能省去改寫等等的麻煩步驟，也能避開明明付稿費卻無法出成單行本的狀況。《小說灸英》只要刊登單回完結的小說，我覺得這樣就能成爲出色的商品。」

矮個子的話十分合理，但就是無法輕易做到。

「這是不可能的。」青山說。

「請問爲什麼？」

「這樣不合算。」

「合算……是嗎？」

「對，合算。」青山的身體靠上椅背。這時就講出某種程度的眞心話吧，他陷入這種心情了。「只要採用連載，不管是草稿還是什麼都好，每個月都能確實拿到作家的原稿。對出版社來說，這點相當重要。只要開始連載，作品總有一天會完成。有時候確實無法出成單行本，但這是少見案例。大部分都能順利運作。」

但那群國中生依舊滿臉想不通的表情。不出所料，眼鏡少年說，我還是不懂。

「這是等不及小說完成，所以付稿費以便每個月都拿到一點原稿的機制，這可以理解；可是爲什麼非刊登不可呢？只要付了錢，刊不刊登是出版社的自由吧？」

青山搖頭。他們果然還是孩子，什麼都不明白。

「不能不刊登，這對作家很失禮。」

「失禮？會嗎？」

「很失禮啊。我們是以『請讓我們刊登』爲由委託寫稿，作家也抱著這樣的想法在工作，所以沒被刊登當然會生氣，會說『既然是這樣就不要訂截稿日』。」

「爲什麼要生氣？終歸都是草稿。別讓那種東西接觸到世人目光，我覺得這對作家比較好。反正拿得到稿費，作者照理說不會有怨言。設定截稿日也很怪，如果是這樣，用交貨日期這種說法就行了。作家是製造業吧，我覺得遵守交貨日期是理所當然的。」

「這也不行啊。」

「請問爲什麼？您說不刊登會對作家失禮，但您不覺得刊登那種東西本身對讀者就很失禮嗎？」

眼鏡少年這句話像刀子一樣狠狠刺入青山胸口。「這個……」只說出幾個字，他就說不下去了。對讀者很失禮——這話一點都沒錯。

「青山先生。」發出這道嚴肅聲音的是神田的兒子。「前陣子我碰巧看到家父的郵件，內容大概是說他因《小說灸英》賣不好而苦惱，還寫到因此連日開會，他已經筋疲力盡。但我難以理解。我從剛才到現在的談話中，得知《小說灸英》不是爲了讀者，而是爲作家出版。這種東西賣不好理所當然，這個苦惱本身就毫無意義。我爸爸竟然在做這樣的工作，眞沒出息。」

沒出息？

「是啊，您不覺得丟臉嗎？」這麼說的是那個氣質成熟的國中女生。

丟臉？

「我覺得既然要收錢提供給讀者，就必須是有自信說那是完成品的作品才行。如果集結成書的時候改寫，假如有人在連載期間讀過，那些人怎麼辦？要他們再買一次嗎？這豈不是詐欺嗎？」

詐欺？

青山腦中有條線「啪嚓」一聲斷掉了，但那群國中生接連發動攻擊。他們說，自己先做出這種不上不下的商品，還說什麼書賣不好、出版業不景氣，眞聽不下去。將紙跟勞力耗費在沒人讀的書頁上，有什麼好高興的。這純粹是浪費資源。乾脆把連載小說的頁面留白怎麼樣，光是還能拿來當便條紙就比原本好得多——

「吵死啦啊啊啊！」青山雙手拍桌並起身。「你們這些混帳，不要給我亂說一通！」眼鏡少年的眼睛在鏡片後方睜圓，其他國中生愣愣地張嘴。青山看著他們繼續說：

「我早就知道了。我們也知道自己在做的事情很奇怪，但有什麼辦法。如果不這麼做，那些混蛋作家就不會動筆。得先準備一個會印成活字的媒體，再刊登在那上頭，不用這種形式那些傢伙就不會寫。要數度下跪催促說『老師拜託您務必在截稿日前寫出來』，才總算收得到原稿。交貨日期？你以為這種詞對那些人行得通嗎？他們可是一群做不了一般工作才會成為作家的人，跟小孩子沒兩樣，跟不到八月三十一日就不會寫暑假作業的小學生完全沒兩樣。不對，更糟的傢伙也有，他們會滿不在乎地無視截稿日，擺架子的同時還交不出原稿。連載小說沒有任何人會看？沒錯，就是這樣。這種事那群作家也明白，也知道小說雜誌嚴重虧本，就連這不夠格做為商品的事情他們也很清楚。即便是這樣，他們還是裝作不知情，光明正大地搶走稿費。結果總算交出來的原稿就如同你剛才所說，是草稿的水準。錯字缺字一大堆就不用說了，就連到處是矛盾疑問的狀況也不少見。諸如『老師，這個登場人物上上回就死了』的情況也多得很。對於這個問題，得到的答案就是『是哦，出書的時候再修正』。要是堅持說『這樣不行，請您修改』，作者反而會惱羞成怒。『如果要說那種煩人的話，以後就不跟你們出版社往來』——那些王八蛋一天到晚把這種話掛在嘴上。無可奈何之下，我們只好設法補救，把草稿水準的垃圾原稿修正到勉強可以讀的等級。我們也不想賣瑕疵品啊，所以才會拚命為作家擦屁股。這哪裡沒有意義？哪裡是詐欺？有意見的話，你們來做一次看看啊，來當看看小說雜誌的編輯啊！如果有辦法應付那些白癡作家，就來試試看啊啊啊！」
朝著天花板怒吼完，青山馬上回復神智。回顧自己說出的一字一句後，他害怕起來。我究竟脫口說出什麼話啊。
他戰戰兢兢望向那群國中生。他們傻住了。接著青山將視線轉向四周。留在這層樓的所有人都注視著他。照理說已經在剛才離開的編輯也不知何時回來了。
有一個人慢慢走向青山。是神田。他兩眼通紅。青山著急起來。必須訂正剛才的發言才行，可是他說不出話。應該先道歉比較好嗎——
神田在青山面前停下，直直瞪著他。他想說對不起。然而在此之前，神田的雙手就伸過來抓住青山的手。
「咦？」青山反過來注視神田。此時，一行淚水從上司眼中滑落頰邊。
此時，神田的兒子喊一聲「爸爸」之後站起身。「我之前都不知道，爸爸的工作原來這麼艱苦。對不起。」
「哦哦……」神田轉向兒子。父子倆注視彼此半晌後，緊緊抱在一起。
眼鏡少年、矮個子國中生以及兩個女生也站起來。
「青山先生，」眼鏡少年說，「太精彩的回答了，我深受感動。我誤解了小說雜誌，原來青山先生你們在戰鬥。我撤回我輕率的發言。請你們從今以後繼續努力下去。」
青山不知道怎麼回答。他完全不知如何是好。
這時，不知道哪裡有人鼓起掌來。以此爲開端，對青山的起立鼓掌儀式開始了。

天敵

1

小堺加快腳步並看看手表。距離約好的兩點剩不到兩分鐘。他咬著唇，心想眞是糟糕。都是因爲之前的工作拖到時間了。與新星作家唐傘散華討論的約定地點在他家附近的家庭餐廳。唐傘似乎習慣在那家店的飲料吧續好幾杯咖啡，推敲構想。

若在以前，一點小遲到根本不算什麼。唐傘不是因爲這種事就心情不好的人。現在不一樣。即便唐傘什麼都不說，他的遲到還是不會獲得諒解。

那個人今天會一起來嗎？今天會不會有事要辦而不來呢——這樣的想法掠過小堺腦中。不過他知道這是渺茫的期待。總算到達那家店，小堺一開門就猛然衝進去。他連忙環顧店內，在最裡面的桌子找到唐傘。以及——

那個人果然來了，在唐傘身邊盯著手表。唐傘注意到小堺後頷首招呼，但那人看都不看他一眼。

「嗨，兩位好。」小堺露出討好的笑容走過去。他在對面坐下，並看向手表。「嗚哇，剛好兩點。差點就遲到了。」

「你的手表不準。現在是兩點零一分。」那個人——須和元子冷淡地說。

「咦，這樣啊？眞奇怪，我明明好好對過時。」

「我的手表是電波錶，一秒都不會有偏差。小堺先生進入店裡時就超過兩點了。我說過，遲到讓人很困擾。」她用高亢的聲音說個不停，像貓一樣的眼眸瞪向小堺。聽說她的年齡是二十七歲，但長著一張娃娃臉，看起來比實際更年輕。

「這也沒什麼，只不過是短短一分鐘嘛。」唐傘幫忙說情。

「不行，怎麼能說得這麼寬容。」須和元子氣勢洶洶的態度仍未平息。「原諒一分鐘，之後就會變成原諒兩分鐘。接下來會變三分鐘、四分鐘、五分鐘、十分鐘。我絕不允許老師貴重的時間被這樣浪費掉。」

「是，您說得沒錯。」小堺按住桌面。「真的很抱歉。其實是之前的工作拖到了……」

「這跟我們無關。」

「當然。哎呀，真的是……您說得很對。」小堺對著兩人，正確來說是對著須和元子頻頻低頭道歉。一直偷看這邊，好奇心表露無遺的女服務生前來點餐。兩人面前早放著飲料。小堺也點了飲料。

接過自己的咖啡後，他挺直背脊看著唐傘。

「那麼……您的新作狀況如何？上一次討論時，您說您寫到中盤了。」

唐傘的表情一下子就黯淡下來。「不，這個……」

小堺查覺到狀況。年輕作家的這種表情他看得夠多了。

「您遇到瓶頸了，是吧？請問是哪個部份？」

「與其說是哪個部分……我開始覺得是不是最根本的設定就不好。」

「設定？您指的是什麼？」

「就是舞台設定、人物設定等等。原本的設定是主角時空跳躍回到明治時代，在銀座磚瓦街(*1)當起偵探，但很多方面都寫得不順利。」

「爲什麼？我覺得這是個有趣的設定。」

唐傘一陣沉吟。「我無法順利就不按牌理出牌的邏輯來展開劇情。」

「哦，不按牌理出牌的邏輯啊。」小堺一點也聽不懂。

「我覺得我的作品特徵就是這個。說來說去，到頭來我的書只有《虛無僧偵探佐飛》暢銷。這本書會熱賣並受到業界好評，都是因爲邏輯推論方式不按牌理出牌。我的書迷一直期待這樣的作品，所以我總是想寫出跟這同等級，或超越的作品。」

「我明白，所以您才會想出現在的設定吧。聽到您的構想時，我感動得渾身發抖。我當時想，《虛無僧偵探佐飛》的世界要復活了。」

小堺自認盡全力捧他了，但唐傘依舊愁眉苦臉。

「但設定很薄弱……」

「您的意思是？」

「沒有衝擊力。」須和元子突然從旁插嘴。

「衝擊力？」

「謎團缺乏強烈的衝擊力。寫出《虛無僧偵探佐飛》的唐傘散華不可以描寫那種普普通通的謎團。那種東西別的作家也寫得出來，書迷一點都不開心。身爲頭號書迷的我是這樣告訴老師的，對吧？」

「對吧」個頭，小堺恨恨地看向她。看來唐傘迷惘的原因就是這傢伙。受不了，竟然多管閒事。唐傘默默垂著頭。

「那您想怎麼做呢？」小堺問得小心翼翼。

「嗯，關於這點，」唐傘抬起頭，「就算再三修正細節，我也無法徹底解決問題。我想這時候是不是從頭開始重寫比較好……」

「什麼——」小堺猛然挺直上半身。「從頭嗎？怎麼重寫？」

「所以說，我在想是不是放棄明治時代的磚瓦街，乾脆以外國爲舞台算了……例如在倫敦與夏洛克．福爾摩斯對決。」

「好棒！」須和元子鼓掌說。「老師的書迷就是想讀這樣的故事。」

小堺忍住叫她閉嘴的衝動。

「呃，可是在這個階段從頭開始寫的話，不就沒辦法在預定時間完稿嗎？」

「我想有困難。」唐傘低下頭。

「那有什麼關係。」須和元子再度插話。「預定就是未定，有時就是非得變更不可。如果寫出不上不下的作品，損害到唐傘散華的名號怎麼辦？你要負起責任嗎，你說啊？」

小堺哪負得起這種責任。「不，這個……」他支支吾吾時。

「果然是這樣啊。」須和元子露出得意的表情。「你根本不在意作品的品質，只是不

*1 一八七二年銀座大火後，明治政府基於防火目的，以磚瓦打造出的西洋式市街。由於報社、販賣西方進口貨的商店等等的進駐，使銀座的發展開始凌駕原本江户的商業中心日本橋。後於關東大地震（一九二三）中損毀。

管怎樣都想推出唐傘散華的新作而已吧。老師，你別被騙了。」

「不，我怎麼會騙老師。」小堺在臉側搖動雙手。「我也希望唐傘先生能寫出自己滿意的作品。」

「既然如此，能請你等我一下嗎？我想重新思考。」唐傘露出嚴肅的表情。作家都這麼說，編輯總不能說寫不出來也要給我寫。「我明白了。」他決定退讓。走出家庭餐廳後，他大大「嘖」一聲。搞什麼啊，那個女人。

須和元子是在上次商議的時候介紹給他認識的。聽到唐傘有些害羞地說，「她算是我的經紀人」，他就理解到，哦，他們在交往。當然，大概是以結婚為前提。這種狀況並不少見。常常有暢銷作家成立事務所，讓妻子當社長。由於是社長，多少會對工作發表意見。他將「算是經紀人」解釋為這種意思。

但須和元子不安於那種文靜的位置，她對唐傘的工作樣樣干預不停。如果只是建議就算了，而且激勵作家也很令人感謝，但她不是。她似乎認定編輯是「以自己重要的人為食的鬣狗」，徹底敵視他。無論什麼企劃還是工作，沒得到她的同意就不會通過。

一言蔽之，她是小堺的天敵。

2

「啊，是這種類型啊，哦。」聽完小堺所說，總編輯獅子取用彷彿事不關己的語氣說。「這樣啊。原來散華先生正在跟那樣的人交往。」

「眞受夠了，爲什麼我非得被那種女人罵得狗血淋頭。」

「別發這種牢騷了，這很常見。」

「很常見嗎？」新進編輯青山問。他是小說雜誌的編輯，不過負責的是唐傘散華，所以常常像現在這樣一起談話。

三人在公司的吸煙室中。沒其他人在。

「很常見啊。作家妻子大致上可分成三種模式。」獅子取豎起三根粗大的指頭。「毫不關心型、想出風頭型以及好管閒事型，就這三種。」

「哈哈，可以理解什麼叫毫不關心型，就是對丈夫的工作沒興趣的太太吧。」

「正確來說，是對作品內容不感興趣，不至於連出的書賣了多少、賺了多少都沒興趣。我可不認識這樣的妻子。」

「原來如此。」青山露出理解的表情。「想出風頭型呢？」

「就是字面意思。丈夫出名了，於是自己也趁機開始做點什麼的太太意外地多。有人受到感化而自己也開始寫小說，也有人開始演戲，或是畫畫開個展等等。」

「夏井老師的太太就開過法國香頌演唱會對吧。」小堺補充。

「沒錯。那眞是讓人受不了，我沒想到她五音不全得那麼誇張。」

「在那種情況下，責任編輯……」

「當然全要奉陪。」獅子取果斷斷言。「如果作家的妻子出書，就要先買來讀，比任何人都更早寫信告知感想，當然必須寫滿讚賞之詞；如果要演戲，就要占據最前排的位子，流下感動的淚水；如果要開個人畫展，就要送花並最先趕到且買下畫作；如果要開演奏會，就要在顯眼的位置起立鼓掌。這些都是不用說也知道的事。」

「眞辛苦啊。」

「這些都還算好。」小堺說。

「對，這對編輯來說完全不算什麼。」獅子取朝向天花板吐出煙霧。

「最後的好管閒事型是什麼樣的呢？」

「這個嘛，」獅子取在菸灰缸裡捻熄變成短短一節的菸蒂，然後點起新拿出來的一根菸，「在某種層面上，這是最麻煩的。」

「爲什麼……」

獅子取兩根指頭夾著菸，並用那隻手的拇指撓了撓頭。

「毫不關心的人就不用說了，想出風頭的太太也不會對我們的工作造成太大阻礙；會令人困擾的是作家妻子動不動就有意見的案例。這也稱爲製作人型。」

青山「啊」了一聲，轉向小堺。「唐傘先生的案例就是……」

「是啊，就是這樣。」小堺擺出苦瓜臉。「她完全自以爲是製作人。而且明明就還沒結婚，搞什麼嘛。」

「這種類型麻煩的地方在於，對方並不限於干預編輯的工作。其實，對作家的創作要求一堆的案例也不少見。」

聽到獅子取這段話，小堺低吟。「眞的是這樣。」

「眞的嗎？」青山一副很意外地問。

「這一類人幾乎原本就是作家的書迷。」獅子取開始解說。「書迷會提供支持，相對要求也很多，而且有時會耍任性。以前有個作家想脫離老套而寫死了一個系列作班底，結果收到恐嚇信大罵『爲什麼要做這種事，給我重寫』。也就是說，投注的情感太強烈，看到自己不喜歡的發展就容易變得歇斯底里。」

「竟然有這種事。」青山露出訝異的神色。

「還有，有人會把個人趣味強加於人。」小堺說。「例如不希望作家寫香豔場面。」

「對，沒錯。有個因戀愛小說而暢銷的女性作家，從某個時期突然不再寫床戲，我本來還覺得奇怪，結果發現是因爲當時跟他交往的男朋友對她說，『我不希望妳寫這樣的小說』。眞是無聊。」

「不過作家自己也有問題啊。明明就不用理會那種人的意見。」

「但會去理會的作家就是很多，畢竟大家都拿太座或男女朋友沒轍。那怎麼辦呢，獅子取先生。因爲這樣，唐傘先生說要從頭開始重寫。」

面對小堺的問題，身材高大的總編輯露出沉思神情。

「這次的新作是以明治市街爲舞台，偵探遇到莫名其妙事件的那個嗎？」

「是的，是唐傘先生拿手的本格不按牌理推理。他說大略故事跟詭計會維持原樣，想改變舞台跟人物設定……」

「哼。」獅子取哼了聲，用放棄般的語氣說：「沒辦法，這時候就交給製作人吧。」

3

唐傘散華——只野六郎在電腦前發出嘆息。他將咖啡杯拉過來，但杯中已空。他猶豫著要不要泡咖啡，最後還是放棄。今天已經喝五杯了。

他望著螢幕，再度嘆氣，然後用力抓頭。無論如何都想不出點子。如同他對小堺所說，他從頭開始重想設定。即便如此，故事依然沒順利運轉。以前不會這樣。只要準備好舞台，登場人物就自動活起來。會有六郎自己都沒預期到的謎團蹦出來，計算之外的人物反覆做出只能用意義不明來形容的舉動，不久，不按牌理出牌到連自己也覺得趣味十足的世界便構築而成。

但最近無法這麼順利，每次都寫得痛苦萬分，寫出來的成品也不盡如人意。這或許就是低潮期。一想到要是從中脫離的日子沒到來該怎麼辦，他就不寒而慄。

難道問題出在把舞台從明治時代的東京，變更到十九世紀的倫敦嗎？要不要改成法國？不，乾脆改到美國——想到這裡時，玄關鎖打開的聲音響起。

門敞開，元子打招呼地說著「你好」並走進來。他給過她備份鑰匙。

「怎麼樣？」她一走近就低頭望向電腦螢幕。「咦，沒什麼進度呢。怎麼了？」

「實在很不順。設定好像不太好。」

元子環抱雙臂。「不過我覺得設定在倫敦還不錯。」

「或許不只是舞台的問題。我有個想法，這次想稍微挑戰看看。」

「挑戰？什麼想法？」元子眼睛一亮。
六郎舔舔嘴唇後開口。「我在想要不要讓警察出場。」
「警察？」元子的眉間浮現一道皺紋。
「對。我想果然還是要讓正式搜查的人出場，情節發展才會順暢。」
「意思是說，你要放棄本格不按牌理推理嗎？」
「不，這倒不是。」六郎慌張地在臉前方擺擺手。「不是這樣，我不會捨棄這個界線。當然不可能捨棄，我的小說賣點就在這裡。」
「不過你要讓警察來辦案不是嗎？我覺得這樣就不算本格不按牌理推理了。」
「所以我要把辦案寫得不按牌理出牌。例如說——」
六郎拚命說明自己的靈感，希望元子了解。

須和元子是六郎高中好友的妹妹。六郎出道後沒多久收到她寫的信。上頭綿綿不絕地寫著對於他得到新人獎的祝賀，以及讀完獲獎作《虛無僧偵探佐飛》後多麼感動。

他很開心，馬上打電話給好友道謝，最後約好三人見個面。他們在銀座的中華料理店重逢。睽違十幾年的元子搖身一變成了美麗的成年女性，六郎都不敢正眼看她。與其說是見到哥哥的好友，她更像是因見到憧憬的作家而喜悅。

這個契機使他們開始交往。元子讀過所有六郎寫的書，也會告訴他感想。她不會一味稱讚，也會委婉暗示不滿，這點讓六郎很欣賞。被大爲讚揚的心情是很好，但只有這樣的話對作家不會有益處。他考慮跟元子結婚，也跟雙方家長打過招呼。業界還沒公開消息，但他已經向對他多有關照的前輩作家玉澤義正介紹過。

「眞的好嗎，小元？嫁給做這一行的人很辛苦哦。」玉澤偷笑著說。我做好覺悟了——這是當時元子的回答。

從那時開始，元子的態度就一點一點改變了。以前六郎會讓她看寫到一半的小說，尋求她的感想。她之前不太會強烈表達意見，然而最近變得相當積極。看來受到玉澤的警告，她身爲作家妻子的自覺萌芽了。

她的意見始終一致，就是希望他寫出超越《虛無僧偵探佐飛》的本格不合牌理推理。這也是六郎的目標，而看了網路心得他也自覺到儘管人數不多，但自己已經有狂熱書迷。他不想背叛這些人的期待，所以他覺得聽聽同時是書迷代表的元子意見也有意義。

但對於六郎要在小說中讓警察出場的點子，元子不表贊同。

「這不太對勁。這就不是唐傘散華的作品了，感覺像是仿唐傘散華。」

「果然是這樣啊。」

「你說『果然』，表示你自己也這麼想嗎？不可以妥協哦。」

這個意見讓六郎無法反駁。她說得沒錯。

此時手機響了，小堺打來的。當六郎接起電話，小堺問他狀況如何。

「唔——」六郎低吟。「現在感覺還無法跨越那面牆。」

「這樣啊。那就算只是現在的狀況也好，能跟我說一說嗎？」

「我知道了。」

他覺得就算見編輯也沒用，但不能一口回絕。他們約好在平時那家家庭餐廳見面。

4

看到進入店裡的兩人，小堺陷入憂鬱。那個女人——須和元子又出現了。那個自以爲是製作人的女人。

「呃，上次討論到要改變設定看看。」等所有人的飲料都上齊，小堺開口。「即便如此，還是有問題嗎？」

「故事就是無法往有趣的方向發展，或說是停滯了。所以這次我想乾脆讓警察出場。」

這不是很好嗎？小堺想這麼說。唐傘的小說明明是推理小說，卻完全沒有警察出現，這是特徵之一。但在他開口前。「這樣不行呢。」須和元子說，「那就不是唐傘的推理小說了，書迷會失望。小堺先生也這麼想吧？」

「這個嘛，不見得吧。我覺得這也不錯。」小堺含糊其辭。

「你在說什麼呀。身爲唐傘書迷代表，我堅決反對。」

「哦，這樣啊……」這女的吵死人了，小堺在心中咒罵。他眞想對她說，「作家都有意要寫了，就不要多嘴」。

「總而言之，不可以改變方針。你得更重視支持你的讀者才行。」

受到須和元子激勵，唐傘散華畏縮地「嗯」一聲。完全被女方吃得死死的。

「其實來這裡之前，我想了一個主意。」小堺輪流望向唐傘跟須和元子。「讓命案眞的發生怎麼樣？」

「命案？」一下子挺直背脊的是唐傘。「你是指在小說中眞的有人被殺嗎？」

「對，然後偵探用以往的不按牌理推理解決。這樣讀者肯定會驚——」

「小堺先生！」須和元子「砰」地一拍桌子站起來。「你是認眞這麼說嗎？唐傘散華的小說不會實際發生命案，不會死任何一個人，你忘了這些是最大的特徵嗎？」

她揚起眼梢，大大的黑眼珠中浮現憤怒的火焰。周圍的客人嚇到似地看過來，但她看起來一點都不在意。

「好了好了，請冷靜下來。請您坐下吧。」小堺的雙手往前伸。

唐傘小聲說句「坐下吧」，須和元子總算坐回位子。

「當然，我自認很清楚唐傘先生的特徵。」小堺雙手貼在桌上說。「但我覺得凡事都有妥協的時候。這是以偵探爲主角的本格推理，要寫出實際上沒有發生命案的故事，果然相當費力。我覺得至今爲止都能做到這一點的唐傘先生很了不起，這是十分驚人的才能，不過就算點子差不多快用盡也不奇怪。這時要不要稍微降低難度呢？我想讀者也會接受。」

「你在說什麼啊。唐傘散華是還在成長中的作家，現在降低難度有何意義？這麼做的話，只會成爲普通的作家。小堺先生，你想毀掉唐傘散華嗎？」

「不，我絕對沒這個意思……用降低難度這個說法是我不好，我向您道歉。變化……對，我的意思是增加變化。這樣不行嗎？」

「不行！」須和元子用力搖頭。「我不容許這種事發生。」

爲什麼是妳決定啊？小堺勉強忍住這麼說的衝動。

「那您聽聽看這樣如何：沒發生命案，但有人的性命受到威脅。這樣讀者應該會覺得，『哦，這次跟過往的模式不一樣』。」

「你是笨蛋嗎？」須和元子扔下這句話。「書迷怎麼可能這樣想。」

「是嗎……」

「頭號書迷的我都這麼說了，不會有錯。」

「那麼這樣如何：犯人——」

「行了，不用說了。根本談不下去。」須和元子抓住唐傘的手臂。「走吧，六郎先生，跟這種人沒什麼好談的。繼續跟這種貨色攪和下去會被毀掉。」

「這種貨色？」

「還是跟更認眞一點的人討論吧，否則對六郎先生沒有好處。」

「請等一下，先問問唐傘先生本人的意見吧。」小堺一肚子火，但還是拚命陪笑。

「我覺得不用問也知道答案——對吧？」須和元子向唐傘尋求同意。

「這個……我得好好想想。」唐傘帶著苦悶的表情說。「讓命案實際發生或許也是一個方法，登場人物的性命遭到威脅的故事發展說不定也很有趣。」

「六郎！」須和元子拉高嗓音。「你說這什麼話，你要背叛讀者嗎？」

六郎縮起肩膀。「……果然不太好嗎？」

「當然。」說完，她用貓一般的眼睛瞪向小堺。「都是你說這種莫名其妙的話，六郎才會混亂。

「不，我只是希望這能成爲創作的啓發……」

「不需要你這種人幫忙，六郎也寫得出來。請你閃邊去。」

「閃邊？」小堺生氣了。「妳才是呢，閃一邊去如何？」他忍不住說出口。

須和元子頓時停止動作。她的臉緩緩轉向小堺，眼角揚得更高。「你剛才說了什麼？」

糟糕，得快點道歉。小堺在腦中這麼想。「我的確說了，我叫妳閃邊。」然而嘴巴擅自說出這句話。

「你這句話是對誰說的？」須和元子低聲這麼說，同時站起身。

小堺瞪回去，跟著站起來。

「對妳啊，妳這自以爲是製作人、愛多管閒事的女人。」

「你說什麼？你明明才是無能編輯！」

「什麼！妳才無能。有時間插手別人的工作，還不如學學怎麼化妝。根本化得像是酒店妹。」

「眞敢講啊，你這個排骨男！」須和元子抓起玻璃杯，將杯中水朝小堺身上一潑。

「哇，你搞什麼！」小堺潑出剩下的咖啡還以顏色。大喊了聲「混帳」後，須和元子從隔壁桌拿來番茄醬。小堺根本沒時間閃避，西裝一下子滿是番茄醬。

「你竟敢這麼做！」當小堺以芥末醬應戰，對方就用美乃滋發動攻擊。周遭眾人發出尖叫，但他無暇理會。鹽、胡椒、紙巾，他不顧一切抓起東西就丟。之後一片混亂。血液直衝腦門，他早已不知道自己在做什麼了。

回過神的時候，小堺已經在地上被店員從背後反剪，須和元子則被唐傘壓制住。她臉上一半被芥末醬染黃，氣喘吁吁的同時仍瞪著小堺。

唐傘離開她身旁站起來。

「你們兩個都差不多一點！這樣連寫稿的問題都談不下去了。」

小堺恢復冷靜。他後悔起自己竟然不小心做出這麼嚴重的事，但已經遲了。

「很抱歉，我只是希望唐傘先生能寫出好作品……」

「既然如此，就請你不要說什麼妥協、降低難度！」須和元子噘起唇。

「所以說那是一種比喻，我的意思是稍微玩點新花樣比較好。像妳一樣只顧著強加自己的理想，會遇到瓶頸也是當然的。」

「哪有這回事。對吧，六郎先生？」

對於女朋友的提問，唐傘沒馬上回答。他低垂著頭，陷入沉思。「六郎先生！」須和元子急躁地說。「請回答我，你選哪一邊？要像這個笨蛋編輯所說，做出『玩點新花樣』這種墮落的事嗎？還是回應我們這些唐傘迷的期待，走上本格不按牌理推理的大道？」

唐傘面露抑鬱神色，依舊沉默。小堺屏息等待答案。

不久，唐傘抬起頭。他接著說出讓小堺啞口無言的話語。

哪邊都不選，我要從本格不按牌理推理畢業——這就是他的答案。

5

元子在超市的生鮮區時，手機告知來電。元子看到來電顯示就接起電話。「喂，我是須和。」

「我是獅子取。您好您好，請問現在方便講電話嗎？」

「沒問題。」她一面回答，走到店內角落。

「雖然讀到一半，不過我看了唐傘先生的新作。哎呀，眞是太棒了。」

「眞的嗎？不過我還沒讀到。」

「這是以明治初期的東京爲舞台，原本是忍者的男人成爲間諜大爲活躍的故事。出現了手槍，但也出現手裡劍。我非常驚喜。這與至今爲止唐傘先生的形象有一百八十度的大轉變，實在難以想像跟《虛無僧偵探佐飛》是同一個作者。他果然很有才能。」

「聽你這麼說，我就放心了。非常感謝。」

「必須道謝的是我們，看來這會是一本好書。全都多虧了您，您眞的很努力。揭開眞相後，小堺那傢伙嚇一大跳。」

「請向小堺先生轉達我的歉意。他西裝上的番茄醬洗掉了嗎？」

「不用在意那傢伙。那麼以後也萬事拜託了。」

「這是我該說的。」

這幾週發生的事情在元子腦內浮現。契機是前輩作家玉澤義正，事情發生在自己被六郎介紹給他認識的時候。六郎離席時，玉澤給她一張名片。那是夊英社總編輯獅子取的名片。

「他現在處在低潮期吧？」聽到玉澤這句話，元子嚇一跳，因為事實正如他所說。她問他為什麼會知道，玉澤就說「果然如此」，並笑了笑。

「誰都會經歷這種時期。你可以跟那個叫獅子取的男人商量看看，他一定會幫妳出個好主意。不過這件事要對唐傘小弟保密。」

「我知道了。」她收起名片。

幾天後，她與獅子取見面。他的身材魁梧，面容兇惡，她原本有點害怕，但談過之後就知道他是溫和的好人。

「唐傘先生太在意讀者了。他老想著這樣寫書迷會不會不高興、讀者會不會離他而去。」聽到獅子取指出這一點，跟玉澤那時候一樣，元子吃了一驚。這就是她感覺到的現象。當她這麼說，獅子取就露出開心的表情說，我沒說錯吧。

「我把這種狀況稱作熱賣作症候群。新人作家或是之前一直賣不好的作家推出熱賣作後，必然會被作品束縛。想必是不希望放掉好不容易得到的讀者吧。尤其像唐傘先生一樣，受到譽為本格不按牌理推理旗手那一類的追捧，就會難以離開那個位置。就算想嘗試新東西，也不肯離開自己造出的框架，所以總是停留在流於表面的變化。這樣作品的品質不會上升，自己也無法滿意。這是惡性循環。」

「該怎麼辦才好？」元子問。

「要離開框架，完全沒必要拘泥於本格不按牌理推理這種東西。當然，如果寫了完全不同的故事，《虛無僧偵探佐飛》的書迷或許會失望，但不要緊。唐傘先生很年輕，接下來還得繼續寫幾十年。從今後會得到的書迷數量來看，限定於本格不按牌理推理的書迷僅僅一小撮人。」

獅子取的語氣充滿自信，十分值得信賴。他的發言具說服力，她覺得很有道理。只要請他告訴六郎同樣一段話不就沒問題了嗎？她這麼想，然而回答是，「那也沒用吧」。

「這種事要自己會意才行。光聽別人這樣講，作家不會信服。他們就是這樣的人。」

面對元子「不然該怎麼做才好」的問題，獅子取思考一陣子，不久提出一個方案。那就是親身展現出書迷的任性模樣。那個書迷最好是與他越親近越好的人，要在他身邊提出一堆要求。只要六郎試圖寫出本格不按牌理推理，就完全不允許他玩任何小花招。就算編輯提出妥協方案，也得要求六郎堅決拒絕。不久六郎應該會發現要是每件事都在意書迷感受，身爲一個作家就無法成長。這是獅子取的說法。

元子贊成這個提案。當然，最後決定她來演書迷的角色。正確來說，她本來就是書迷，所以不需要演技，只要說出心中想法就好了。

對小堺潑水、番茄醬等等也不是演技。那時她眞的發自內心想著「這個蠢蛋編輯」。其實她不希望唐傘散華不再寫本格不按牌理推理。但她必須忍耐。自己雖然是唐傘散華的書迷，但在此之前，她更是即將成爲只野六郎妻子的人。

嫁給做這一行的人很辛苦哦——她腦中浮現了玉澤義正的話語。

設立文學獎

1

青山在位子上讀校樣時，雙肩突然被一把抓住。回頭一看，出版部時代的上司獅子取就站在那裡。他的身材魁梧，頭髮剃得短短的，腦袋有著寬闊的額頭。臉上滿是笑容。

「青山，過來一下可以嗎？我有重要的話要說。」

「咦，現在嗎？」

「對，現在馬上。我在吸菸室等你。」拍拍青山肩膀後，獅子取離去了。不管對方是否方便就直接下令也是獅子取的特徵。青山收起校樣，離開座位。

前往吸菸室的途中，身後有聲音響起。「你也被找過去嗎？」是前輩編輯小堺。他的身材瘦削，臉色總是不太好。

「小堺先生也一樣？」

「對，不知道究竟什麼事。」他臉上寫著「只要不是麻煩事就好了」。

兩人來到吸菸室，獅子取正心情愉快地抽著菸。

「嗨，抱歉麻煩你們跑一趟。」他瞇起眼睛，輕輕吐出一口煙。

「請問重要的事是什麼？」小堺問。

「別這麼急，我想慢慢說。要不要先來根菸？」

小堺從獅子取遞出的盒子裡抽出一根菸。點火並數度吐煙後，他再次問：「然後呢，請問有什麼事？」看來他覺得反正不會是什麼好事，保持著警戒。青山也有同感。

「做什麼啊，你們兩個爲什麼警戒成這樣？難得我想告訴你們一件大好消息。」獅子取一副別有深意地咧嘴一笑。「現在還是頭號機密，絕對不要告訴別人。」他做了這樣的開場白後說出的內容，確實令人相當訝異。

「設立文學獎？我們出版社嗎？」青山不由得拉高嗓音。

「噓——噓——噓——」獅子取豎起食指抵住嘴唇。

「聲音太大了。當然，我何必談別家出版社的事。」

「要設立什麼樣的獎？」

「頒獎對象是新人到中堅作家的娛樂作品。我的目標是打造出一個讓人覺得只要得到這個獎，作家就會脫胎換骨、更上一層樓的獎項。我好久以前就一直向社長提議辦辦看，卻遲遲得不到首肯。不過前幾天社長終於點頭答應了。」

看來提出設立文學獎的是獅子取。可以想像他在和善的社長面前口沫橫飛地大力主張的模樣。獅子取從懷裡拿出記事本跟原子筆，草草寫些什麼，接著轉向青山他們。上頭寫著「天川井太郎獎」這幾個歪七扭八的大字。

青山不禁驚嘆一聲。「竟然來這招啊。」

「不錯吧。」獅子取舔舔嘴唇。

天川井太郎是從時代小說到推理小說、科幻小說、情色小說、歷史小說、企業小說等，寫過各種類別的小說而建立起一個時代的作家。他被稱爲娛樂小說界的二十面相。

「這跟其他文學獎之間的定位平衡怎樣？」小堺問。「不會比直本獎更高一階吧？」

「當然，那根本想都不用想。」獅子取說得乾脆。「以雙六(*1)做比喻，直本獎就是終點。就算想成立更高一階的獎項，話題也炒不起來。我們想把天川井太郎獎定位成直本獎的前哨戰，就像金像獎之於金球獎那樣。我對社長說了，要是哪一天被暗中諷爲直本獎預賽，就表示我們成功了。當然，這種話只能私下說說就是了。」

「不過如果是這樣的獎，已經好幾個了不是嗎？」小堺說。「像是剛談社的吉村新人獎，或是金潮書店的山森長次郎獎。你打算怎麼跟這些獎項做出區別？」

兩者都是娛樂小說的文學獎。無論以哪種形式出道的作家，都會先盯上吉村新人獎，接著下一個當成目標的是山森長次郎獎。這兩個獎的得獎者很多都在後來得到直本獎。

獅子取馬上愁眉苦臉，叼起新的一根菸。他點上菸，朝天花板吐出煙霧。

「問題就是這個，那兩個獎確實很礙事。要是說出我們要設立新文學獎，世人一定會說一堆閒話，像是拾剛談社跟金潮書店的牙慧、等著撿直本獎的殘渣等等。爲了避免被這樣說，必須做出不同的特色。」

「怎麼做？」小堺又問，青山也探出身子。

「這個嘛，」獅子取拍拍自己的腿，「接下來要想。」

「接下來才想嗎？」小堺垂下眉尾。

「別擔心，一定會有好點子浮現。然後呢，告訴你們這件事沒有其他原因，其實就是因應設立新文學獎，要成立一個策畫團隊負責準備，你們也是成員。萬事拜託了。」

「什麼——！」青山跟小堺一同發出不滿的聲音。

「請饒了我吧，工作明明堆積如山了。」小堺發牢騷。「我也是。」青山也抱怨。

「囉嗦，已經定案了，不要多說廢話。這對炎英社來說是重要的一戰，你們必須想成光是能跟這件事產生關聯就很滿足了。你們兩個，接下來會很忙哦。要做的事情多得很。」獅子取豪爽地哈哈大笑。

2

大川端多門比約定的時間遲了約五分鐘現身。這裡是赤坂一間一流飯店的茶廳。青山跟獅子取一起在桌旁起立歡迎。大川端在粉紅襯衫外罩件白夾克，踩著讓人感覺不到他七十二歲高齡的穩健步伐走來。

「老師，謝謝您今天在百忙之中撥冗前來。」獅子取殷勤地打招呼。

大川端微微點頭，在椅子上坐下。「嗯，你們也坐吧。」

兩人就座後就點了飲料。服務生似乎給予大川端慎重招待。指定這家店的是大川端，大概他平時就常上門。

他是不容置疑的推理界重鎮。著作數超過三百部，總印量達到一億本，而他一年發表兩、三部新作的旺盛創作慾也依舊健在。

「老師，我拜讀過您的新作了。哎呀，還是一樣精采，翻頁的手根本停不下來。而且

*1 日本傳統桌上遊戲，玩家要按照擲骰得到的數字在盤上前進。

最後的大翻轉把我騙得好慘。」獅子取連珠炮似說個不停。面對作家時先大力稱讚對方的最新作，這是他的拿手絕活。

對此，大川端露出一副嫌煩的樣子，手在臉前方擺了擺。

「不用客套話了，快點進入正題。別看我這樣，我可沒那麼閒。」

「啊，也對。眞不好意思。那馬上進入正題——」獅子取清清嗓子，繼續說，「其實我們出版社要設立文學獎。這個獎的目標是從前所未有的新構想中挖掘出值得評價作家的才能，我們希望務必由大川端老師擔任評審委員。不知道您是否願意接下這份工作呢？」

青山抬眼偷偷觀察超資深作家的模樣。大川端點的奶茶剛好送來，老作家彷彿在故意擺架子，緩慢地加入砂糖，用湯匙攪拌後喝了一口。

青山他們面前也被送上各自的飲料，但他們當然還不能動手。

大川端發出「哼」的一聲。「聽到你說有事想特別商量時，我就猜到大概是這樣。灸英社要設立新文學獎的傳聞也傳到我耳中。」

「眞的嗎，那談起來就快多了。」

「但你說的跟我聽到的有點不一樣。」大川端側過頭。

「請問是哪裡不一樣？」

大川端放下茶杯，直盯著獅子取。

「你說這個獎的目標是從前所未有的新構想中挖掘出值得評價的作家才能，對吧。不過我聽到的消息是，這似乎跟吉村新人獎以及山長獎一樣，都是直通直本獎的獎項。如果是這樣就跟新構想無緣，評選標準只會跟以往一樣。」

青山不由得想縮起頭。正中紅心。他不愧在文壇擁有豐富人脈，大川端通曉內幕。

「不不，不不不。」獅子取幾乎要站起來一樣地探出身子，搖動著大手。「不是這樣的，您誤會了。奇怪，爲什麼傳出這樣的傳聞呢？根本是無憑無據的流言。」

「不是嗎？我倒是覺得，『灸英社現在設立的天井獎是與吉村新人獎、山長獎對抗的直本獎預賽』是頗有可信度的說法。」

「是誰胡說八道，沒這事……話說老師您說了什麼？什麼天井(*1)獎之類的。」

「不是叫天井獎嗎？取天川井太郎的天跟井，命名爲天井獎。我是這樣聽說的。」

「是誰說的？」

「誰啊？」大川端微微側過頭。「大概是金潮書店的廣岡吧。跟他討論作品的時候，有談到文學獎。」

「老師，是天川獎。拜託您跟旁人談論時，簡稱也要清楚說出是天川獎。這很重要。」

「是嗎。算了，都沒差。」

「總而言之，」獅子取兩手貼在桌上，低頭拜託，「直本獎先不提，跟吉村新人獎或山長獎相提並論，我們很困擾。我們希望能以獨自的觀點表彰娛樂小說中的優秀作品，所以希望請大川端老師擔任評審委員。不知道您是否願意接下呢？」

*1 「天井」在日文中意爲天花板。

大川端帶著興致缺缺的表情啜飲紅茶。看著依舊低頭的獅子取，他忽然露出苦笑。

「讓我考慮一兩天，可以吧。你剛才說『希望能以獨自的觀點表彰娛樂小說中的優秀作品』，我可以信任這句話吧？先說好，我對文學性這種靠不住的東西沒興趣。年輕時我兩度入圍直本獎，不過只是因爲我試著融合推理與科幻的作品，被不知道哪來的誰擅自解釋成文學性什麼鬼的，因此推選爲入圍作罷了。就我來說，根本造成我的麻煩。」

「哎呀，可以想像。我們完全理解，您無視文學性也沒關係。」獅子取仍低著頭。

「這樣啊。麻煩你絕對不要忘記這句話。」大川端喝光奶茶，說句「多謝招待」就離開了。老作家的身影完全從茶廳消失後，獅子取抬起頭，手伸向咖啡杯。

「好，聽那個語氣，大川端老師應該會接受。這是很大的進展。」

「不過沒問題嗎？竟然說無視文學性也沒關係。」

「誰管他，反正入圍作是我們決定的，打從一開始就把嚴重缺乏文學性的作品刷掉就行了。比起這個，金潮書店的廣岡更令人火大。什麼天井獎啊，竟然用那種怪稱呼。」

「把天川井太郎獎簡稱爲天井獎……不愧是譽爲寫書腰功力業界第一的廣岡先生，這簡稱眞妙。」

「笨蛋，佩服他做什麼。他打的算盤很明顯。要是我們的新文學獎受到矚目，迎面受影響的就是他們家的山長獎，所以他想在這種狀況發生前，多少拉低我們這個獎給人的印象。大概是企圖叫成天井獎，給人一種玩假的感覺。受不了，卑鄙的傢伙。喂，青山，回出版社後寄信給所有關係人士，讓獎項稱呼方式眾所皆知。正式名稱是天川井太郎獎，簡稱天川獎。絕對不要讓人叫成天井獎。」

「我知道了。」

「可惡，我也想回敬他們一下。也幫山長獎取個綽號好了，三長獎怎麼樣？」

「不行啦，會演變成出版社層級的戰爭。」

「果然不行啊。」獅子取喝光咖啡，皺著眉頭站起身。「該回去了。小堺應該已經篩選出入圍作品。」

3

《盡情大殺》　青桃鞭十郎

《大菜鳥律師．大飯桶．大阪腔》Doctor橋本

《磚瓦街諜報戰術奇姆科》　唐傘散華

《皺巴巴少年，水嫩嫩婆婆》古井燕子

《一切歸零之家》　腹黑元藏

看到列在白板上的作品名，獅子取露出不悅的表情。

「這什麼東西啊。沒其他作品了嗎？」

「哪裡不好嗎？」小堺撓頭。

「除了《磚瓦街諜報戰術》以外，每本的評價都不太高，根本炒不出話題。這樣就好像是安排好要讓唐傘先生得獎。」

聽到獅子取這段話，小堺露出彷彿由不知所措與困惑混合而成的表情。青山深切明白他的心情。唐傘散華是灸英社現在最力推的作家，自家出版社要設立文學獎，想讓他得獎也是理所當然。也就是說，小堺自認已經用過一番心思了。

「不能用這種拙劣的小花招。」然而獅子取這麼說。「如果唐傘先生得獎我當然會開心，但眞的安排成放水賽就沒意義了。部門內的投票結果怎麼樣？」

「這裡有名單。」小堺說，並遞出文件。

獅子取掃過名單，與白板對照。「什麼嘛，明明就有得票數更多的作品，像是松本秀樹先生的《瞬間打擊出去》。爲什麼不把這本列進入圍作？」

「呃，這是因爲，」小堺一臉慌張地補充，「松本先生是今年的山長獎得獎者，所以最後決定先避開它。不然總編你想想，把山長獎作家列爲入圍者，不就好像表現出我們比山長獎更高一階嗎？所以——」

「笨蛋！」獅子取大發雷霆。「出版社要賭上一把的時候，顧慮其他出版社做什麼？這就行了，大力表現出我們的獎比山長獎更高一級吧。不要顧忌東顧忌西！」

「我明白了，那就把松本先生的作品列入……」小堺縮起脖子。

「還有，那本沒列入也很奇怪吧，就是清畠和博先生的《外角偏低》。不少人稱那本書是今年娛樂小說界最大收穫。你看看亞馬遜的書評，一大堆五星。」

「不，當然有人提議列入，但清畠先生還出道沒多久，我們覺得在拿這個獎之前，他還有許多該先拿到的獎，像是吉村新人獎……」

「啥?你在說什麼鬼話?」
「因爲我們的天川獎比山長獎更高一級吧?如果他得獎,就會形成沒辦法拿到低一階的吉村新人獎或山長獎的情況。」
「所以呢?那又怎樣?」
「呃,所以,這樣好嗎?爲了清畠先生好,也要先拿過那一類的獎,在實際成績的層面上對他比較有益。」
獅子取的表情一歪。「你根本不懂,不需這種體貼。反正清畠先生總有一天會拿直本獎,之前的獎全會模糊一片。拿越多獎越是如此,既然如此只要天川獎就夠了。」
「哦,這樣啊。那也納入清畠先生的作品。不過這樣入圍作不會太多嗎?」
「嗯,也是。」獅子取再度望向白板。「不要《盡情大殺》,這是《大殺特殺》的系列作吧,不適合拿獎。《大荣鳥律師·大飯桶·大阪腔》也拿掉,這個作者常常上電視,是個不知道是律師還是藝人的傢伙。這是光榮的第一屆,非正統的作品不好。剩下就是《皺巴巴》跟《一切歸零》啊。」獅子取偏了一次頭,接著說道:「留女性作家好了。」
新推選出的作品如下:
《磚瓦街諜報戰術奇姆科》　唐傘散華
《皺巴巴少年,水嫩嫩婆婆》　古井燕子
《瞬間打擊出去》　松木秀樹
《外角偏低》　清畠和博

「四本又太少。」說著，獅子取咬住下唇。「但《大菜鳥律師》跟《一切歸零》不能留，一看就知道是煙幕彈。我想列入一個，更怎麼說呢，正中眾人盲點的作品。就是不太爲人所知，卻又受到一部份的人好評的那種作品。沒這樣的小說嗎？」

這個困難的要求讓在場所有人都陷入沉默。青山想，這也難怪。如果有這樣的作品，照理說老早就會列出來了。

「這本怎麼樣？」獅子取看著名單說。「《深海魚的皮膚呼吸》這部作品。票數雖少，不過每一票都拿了高分。」

「啊，那本啊。」小堺無精打采地說。「其實讀過那本的人很少。我問過投票的人，大家說這是無聊得可怕的作品，樸實到不能更樸實，沒半點華麗之處，但這點反而有趣。」

「原來如此。這不是很好嗎，這本書有種散發出獨特味道的感覺。好，就這本吧。這樣名單就決定了。」

於是《深海魚的皮膚呼吸》就成了最後一本加進來的入圍作。

4

一天晚上，東京都內某飯店舉辦一場文壇相關的宴會。青山跟獅子取一起穿著西裝出席。在這一類宴會中，青山這些出版社的人通常是看到值得注目的作家就會上前打招呼；但今晚不同，只要跟獅子取待在一起，作家就會主動來攀談。

「欸欸，聽說你們也要設立文學獎。」穿著華麗的洋裝，一位資深女作家靠近。「是叫天井獎之類吧。大家都說，要是得了這個獎，感覺才能好像會碰壁。」

「老師、老師，不是的。不是天井獎，是天川獎。請您不要弄錯。」獅子取拚命訂正。

「到底是誰這樣亂講……」

「哎呀，是哦。算了，這不重要。比起這個，爲什麼沒把我的作品列入入圍作呢？」

獅子取哈哈大笑。「老師，請饒了我們吧。原則上是以中堅作家的作品爲對象，像老師這種功成名就的作者，不適合在這種場合推舉您的作品。」

「喲，我覺得我還在中堅的範圍啊，又還沒拿過什麼大獎，很想拿一個呢。」

「哇哈哈哈，您說什麼啊。哎呀哎呀，多謝多謝，等會再見。」

獅子取後退著離開女作家，接著小聲說：「慘了、慘了。」

「那位老師有一半是認眞的。她搭上推理熱潮成了暢銷作家，但似乎還是對沒拿過獎這件事耿耿於懷。我之前就在想，今天要是碰到她就糟了。」

「哦。」設立文學獎後，原來會有各種煩惱啊，青山再度這麼想。

此時說著「喂，獅子取」並現身的是警察小說的第一人——玉澤義正。

「聽說你們家這次要辦文學獎啊。名稱好像是——」

「不是天井獎哦。」獅子取搶先說了。

「天井獎？不，我聽說的是天丼獎。」

「天天、天丼獎？」

「這個獎聽起來挺美味的，得獎就能吃天丼吃到飽嗎？」

「請您別說了，這怎麼可能呢。是天川獎，天川井太郎獎。」
「是哦。不過大家都說是天井獎。」
「怎麼會，請問大家是指誰？」
「大家就是大家。比起這件事，」玉澤壓低聲音，「看來你有自信把唐傘順利推銷出去啊。」
「咦？」獅子取睜圓了眼。「您這句話是什麼意思？」
「別裝了、別裝了。」玉澤用手肘頂頂獅子取的身體。
「我看得出你們的企圖是想讓唐傘得獎，做爲他通往直本獎的開端。我不會說你們成立這個獎只爲這個目的，不過你們一方面也是基於這種用途，才設立新文學獎吧？」
「不，玉澤先生，不是這樣。我們是出於更純粹的想法……」
「別開玩笑了，聽到你頂著那張髒兮兮的臉說出純粹兩個字，感覺不太舒服。算了，我不會說出你的眞實想法，相對你也別隨意擺布年輕作家哦。」玉澤拍拍獅子取的肩膀，然後走掉了。
目送著玉澤的背影，青山心下敬佩。他完全看穿灸英社設立新文學獎的用意，眞不愧是從二十多歲就在這個世界打滾的人。之後也有好幾位作家跟評論家向獅子取搭話，話題都是設立文學獎的事。然而他們每三人就有一人稱之爲「天井獎」，剩下的人竟然都以爲是「天丼獎」。
「可惡。」獅子取低聲咒罵。「有人在暗中操盤。要是讓我抓到，我可不會輕饒。」

不久，最有力的嫌疑犯從另一頭走來。是金潮書店的廣岡。他長著一張充滿知識分子味道的瘦削臉龐，戴著金邊眼鏡。

「嗨，獅子取，好久不見。最近過得怎樣？」柔和的語氣是廣岡的特徵。

「啊，廣岡先生。您好，好久不見。」他在出版界好歹是前輩，因此獅子取也採用後輩的措辭。

「那件事好像蔚爲話題呢。叫天川井太郎獎對嗎？灸英社也很行嘛。」

「呃，嗯。」獅子取露出一副期待落空的表情。因爲廣岡說的是獎項正式名稱。他絲毫沒顯露出背地裡宣揚什麼「天井獎」、「天丼獎」的跡象，想來是個與獅子取不同類型的策士。

「我看了入圍名單，眞是大膽的陣容啊。沒想到你們會走那種方向，竟然選出了山森長次郎獎的得獎者。」廣岡的眼中發出冰冷的光芒。「我也想過，這是不是因爲灸英社還不熟悉這類事情的運作模式呢。」

「不不不。」獅子取帶著從容表情搖頭。「這次我們這個獎的概念是一概不考慮其他文學獎，評選入圍作時，完全沒調查哪位作家獲得什麼獎，因此就連身爲負責人的我也不太清楚。這樣啊，原來這次的入圍作中有山長獎作家的作品。不好意思，我不是很了解山長獎的事。」

廣岡蒼白的臉頰繃緊，接著泛起僵硬的笑容。

「原來如此，聽你這麼說我就放心了。既然如此，這表示我們不用顧慮太多嘍。」

「您的意思是？」

「不用說，當然是指唐傘先生。社內開始談起差不多可以把唐傘先生的作品選入山長獎的入圍作了，但之前一直難以判斷，要是他先得了天川井太郎獎，那還能不能讓他入圍。畢竟就排序而言，不知道要把這個獎放在什麼位置。不過既然與排序無關，那就輕鬆了。無論這次的結果如何，我們家都能將唐傘先生選為入圍者。哎呀，太好了太好了。」

說完，廣岡調正金邊眼鏡，別過頭走掉了。

「這樣好嗎，獅子取先生。好像與金潮書店為敵了。」青山問。

「怕什麼，誰管他們。被攻擊的話還以顏色就好了。要是因此鬧大更好，可以成為宣傳。」獅子取一副將錯就錯地說。

沒多久，剛談社的澤中部長走過來。這個男人與廣岡齊名，在業界也是知名好手。

「我從廣岡那裡聽說了，聽說這次新設立的獎跟以往排序無關是吧？聽到這個消息，我們也放心了。因為看到清畠先生的《外角偏低》入圍時，我們其實很苦惱，因為我們想把他列為我們吉村文學新人獎的入圍者；不過既然天川井太郎獎脫離排序，算是一種雜牌獎，那就是另一回事了，就算《外角偏低》得獎，我們也不用顧慮，可以推選為我們的入圍作品。真好，這種非正式的獎也不錯，畢竟盡是那些認真決勝負的獎項很累人。這感覺就像是充滿玩心的表演賽，勝敗則是其次。嗯，這不是挺好嗎？真不錯、真不錯。」

單方面滔滔不絕說完後，澤中留下張狂的笑聲，拍拍獅子取的背就離去了。

青山提心吊膽地看向獅子取。他面無表情。即便被說成那樣，他似乎一點也沒動搖。

他心生敬佩。然而下一瞬間，青山就知道獅子取氣炸了。他握緊的雙拳抖個不停。

「混帳，什麼雜牌，什麼非正式，什麼表演賽！」獅子取用彷彿從地獄底部響起的聲音這麼說完，怒吼出青山的名字。「無論如何都要讓天川獎成功，知道了嗎！」

被這股魄力壓倒的青山軟弱地應聲「是」。

5

十月，對灸英社而言值得紀念的日子到來。今天要舉行第一屆天川井太郎獎的決選會議。會場選在日本橋的料亭。

青山與小堺被分配在附近的咖啡廳等待。記者會預定在銀座的飯店舉行。

「究竟會有什麼結果呢，完全無法預測。」小堺將香菸的灰彈進菸灰缸。

「獅子取先生一副『包在我身上』的感覺。青山說今天決選會議的主持人也是他。」

「他是想把風向帶到讓唐傘先生得獎吧？辦不到的。就算是獅子取先生，也不可能控制評審委員。那些人沒任何企圖跟盤算，只會純粹力薦自己屬意的作品。就是因為這樣，他們不會輕易改變意見。」

「這樣啊，那或許很困難。」

「不過唐傘先生並非沒有機會，我只是想說評審委員不會被獅子取先生的誘導左右罷了。我認為他有被那些評審看中的可能性。」

「這樣就是最好的結果了。對唐傘先生來說，這會成為更上一層樓的契機。」

「不過八成會被其他出版社嘲諷這是不是套好的。」
「如果不是唐傘先生得獎，那會是誰呢？」
聽到青山的問題，小堺盤起胳膊。「如果不是唐傘先生，以我們出版社的角度來說，會希望是清畠先生。他因爲《外角偏低》意外爆紅，不過我們還不曾邀到他寫稿。如果他得獎，會比較容易委託他各種工作。」
不愧是實踐型的編輯，已經預想到未來的發展。
「那松本秀樹先生呢？」
「他當然也不錯。」小堺彈個響指。「他現在勢如破竹，大家都說他肯定奪得下次直本獎。之前拿到的獎就成提前祝賀，可以炒起話題，天川獎的知名度會順便上升。」
「剩下那兩人呢？」
「剩下是……這個嘛，」小堺緊緊抿住嘴唇，「一方是只受宅宅歡迎的少女風奇幻小說，另一方是沒沒無聞的老頭作家的不起眼作品。無論哪方得獎，對我們出版社來說都是大打擊，沒任何好處。這樣根本就不知道是爲何而設立獎項。況且都已經預定要辦盛大的頒獎宴會了，只能祈禱不會發生這種事。」
聽完前輩所言，青山再次覺得設立文學獎眞是件苦差事，需要有相當大的覺悟。
等了一個多小時後，小堺的手機響了。比預期中還快。
「喂，我是小堺……啊，是……咦，眞的假的……是，好的，我知道了。」
「怎麼樣？結果出爐了吧？」青山問。

「是深海魚。」

「什麼！」

「《深海魚的皮膚呼吸》，就是我們不太認識的那個作家寫的書，完全沒造成話題的那本。」小堺將手機收進口袋，無力搖頭。「好不容易設立文學獎，卻是這個結果。天川獎到此爲止了。」

6

「受不了，我做夢都沒想到會變成那樣的發展。全場一致通過哦。大川端老師從頭堅持到尾，幾乎沒什麼爭論。我還不死心地嘗試問有沒有可能至少讓兩作並列第一，但還是不行。這本獲獎作那麼好看嗎？我得快點讀讀看才行。可惡，計畫都亂了調。」從會場出來的獅子取宛如輸球的職業棒球教練一般，帶著令人同情的表情抱怨連連。

第一屆天川井太郎獎得獎作《深海魚的皮膚呼吸》的作者，是大凡均一這位作家。他幾年前以《殺意的多孔插座》得一個小小的新人獎，就此出道。兩年前他從任職的市公所離職，成爲專職作家。《深海魚的皮膚呼吸》是他第六本著作，無論哪本都由小出版社出版，但青山未曾聽聞過評價，恐怕都只賣幾千本。他沒任何一部作品在灸英社出版。

根據負責通知得獎的小堺所說，「他並沒有顯得多感動」。

「我向他道賀，他卻回說『啊，這樣啊』，一點都不興奮。唉，這也難怪，畢竟是個剛設立、知名度全無的獎項，得了也不會高興吧。不過那些評審委員怎麼都不懂得看一下狀況，得獎者都年近六十了。這可是新設立的獎項，明明就可以選個更能炒熱話題的人選啊。」小堺也跟獅子取一樣，一直懷有遺憾。

大凡均一住在埼玉的川口市。爲了準時抵達九點開始的記者會，青山搭著附駕租車前往迎接。目的地的住宅，是一棟一看就像市公所員工會建造的雅緻日式房屋。門牌上寫著「大凡」，看來這是本名。青山按下玄關的門鈴。

「哪位？」是男性的聲音。

「我是灸英社派來的，我來接您了。」

「好的，我正在等你。」

玄關的門很快就開了，出現的是個頭矮小的六十多歲男性。他牢牢繫著領帶，身穿西裝。他說「請進」，於是青山走進門。一走進屋中就聞到淡淡的線香味。

「我是灸英社的青山。這次非常恭喜您。」他遞出名片。

「我是大凡，謝謝。勞煩你特地來到寒舍，實在過意不去。」他的語氣淡然，臉上也沒什麼喜悅之色。大凡遞出名片，上面什麼頭銜都沒有。他是專職作家，所以這也是理所當然。青山想，不久前還是公務員的人，拿著沒有頭銜的名片會有什麼心情呢？

「那大凡先生，請容我帶您到會場。」

「呃，那個，關於這點……其實內人也想同行，不知道可不可以？」

「您的夫人？是，當然沒有問題。」

「這樣啊，那我叫她過來。」大凡暫時消失在屋內。

青山漫不經心環顧室內。牆壁上的污漬與柱子上的痕跡都讓人感覺到這棟房子的年歲已久。頗有年紀的鞋櫃上擺設著小小的獎杯。他看到刻在底座的文字時吃了一驚。上面刻的是「第一屆新世紀推理文學獎　殺意的多孔插孔　大凡均一先生」。

新世紀推理文學獎——這是個現已不存在的新人獎，辦兩次還三次就停辦了。然而大凡現在依舊好好保存著這個獲獎獎杯。

此時裡頭傳來聲音。「快一點，出版社的人在等。」是大凡的聲音。

「可是唯獨這件事一定得辦好才行。要在佛龕上供……」女性回答。她是大凡的妻子吧。「畢竟重要的夢想終於實現了。」

他心下一凜。會有線香味道，原來是因爲在向祖先報告得獎的消息。

青山偷偷窺看裡邊的狀況。對面的紙拉門上映著兩道人影，應該是大凡夫妻。兩人都站著。那兩個人影忽然合而爲一。兩人都沒發出聲音，但他們肯定正緊緊相擁。

青山不由得縮起脖子。他轉身面向玄關門。

小堺誤會了。收到通知時，大凡之所以沒自然地發出喜悅之聲，肯定不是因爲他不覺得開心，而是實感還沒湧現。他心中的感動就是如此龐大。

沒多久，大凡說「讓你久等了」的聲音響起。青山回頭。大凡身後站著一位身穿和服的女性。她的頭髮整齊盤起，化著與年齡相稱的高雅妝容。她的眼角有淚痕。

「這次非常恭喜您。」青山對著她深深低下頭。

「謝謝你。」她小聲回答。

「同行的只有夫人而已嗎？兩位的孩子……」

大凡微微搖頭。「我們沒有小孩。生不出來。」

「啊，這樣啊。」他後悔地想，是不是問到不該問的問題了。

「我們一直是兩個人一起走過來的。」大凡朝妻子的方向一瞥。「即便書賣不好也撐到現在，都要多虧內人。兩年前從市公所辭職的時候，也是跟內人一起商量過後做出的決定。那時候做出的決斷並沒有錯，這在今晚得到了證明。」

青山點頭。「眞的非常恭喜您。」他再次說。

走出屋外，他以眼神示意租車駕駛。駕駛迅速打開車門。

按照先是夫人，然後是大凡的順序，他將兩人領到車內。

青山自己則坐進副駕駛座，繫好安全帶。此時，他的視線朝後座一掃。

半老的夫妻含蓄地牽著手。

青山轉向前方。他想，這件事也必須向獅子取跟小堺報告才行。

無論設立的原委或意圖是什麼，文學獎對作家而言都是特別的。就算有作家將得獎視爲職業生涯最大的鼓舞，那也不奇怪。他們絕對不能忘掉這件事。

要好好守護這個獎，讓它成爲會被眾多作家當成目標的獎項——青山在內心發誓。

推理特輯

1

在座位上被神田找去的時候，青山莫名有種不祥的預感，因爲對方的聲音中帶有諂媚的味道。要是他說「有事要拜託你」就必須小心。他以前曾被迫擔任國中生社內參觀的導覽人員，那時候倒楣透了。

「請問有什麼事嗎？」

「哎呀，其實，」神田露出討好的笑，「有事要拜託你。」

「不會又是要我應付國中生吧？」

「不是，完全不是。是關於下次的推理特輯。」

「怎麼了嗎？」他開始有意認眞聽了。青山隸屬灸英社《小說灸英》編輯部，神田是總編。下一期《小說灸英》計畫做短篇推理特輯，他們已經委託十位作家寫稿。爲了要各有特色，選人時特別顧慮到類別不重複。即便統一概括爲推理，還是有各種類別。

「其實是聽說長良川老師住院了，因爲胃潰瘍。那個老師很愛喝酒。」

「眞糟糕。」他明白問題了。長良川永良是本格推理界的代表作家，在這次的特輯刊中本來會成爲看點之一。

「對吧？所以必須盡速找到替代作家，但我想不到適當的人選。」

「現在開始找很難呢。」青山抱起胳膊。距離截稿日不到兩週。

「資深作者想都不用想。就算是中堅作者，有一定成績的人也不可能。話雖如此，列入過氣作者的名字也不太好。」

「前陣子得到天川井太郎獎的大凡均一怎麼樣？我想他也能寫本格，對讀者來說應該也很新鮮。」

「不行。你忘了嗎，大凡先生已經選入十人之中了。」

「啊，這樣啊。」青山攤開自己的記事本，上頭列著這次特輯委託的作家。上頭確實有大凡均一的名字。「還眞的。」

「之前不是因爲大凡先生想趁機挑戰沒寫過的類別，從本格的人選中排除掉了嗎？」

「說起來的確是這樣。大凡先生不行的話……」他再次看向記事本，「現在才找就只能找新人了。」

「我也這樣想，所以打電話給至今爲止打過招呼的幾個新人作家問過，但所有人都拒絕了。每個人都說，現在開始寫完全來不及。他們似乎還有其他截稿日。看來稿約果然會集中在受注目的新人身上。」

青山點頭。「而且本格派作家寫作本來就很慢。」

「正確來說是寫本格很費工夫。傷腦筋，推出推理特輯卻沒本格推理太怪了，得想點辦法才行。」

神田說得沒錯，這就像沒供應鮪魚肚的壽司店一樣。

「不然總編你看看這樣如何：找個以完全不同的類別出道的年輕作家寫本格看看，或許意外會還不錯。」

但神田沉吟，神色嚴肅。

「很難講。跟其他類別不同，本格推理很特殊。我覺得不是想寫就寫得出來。」

「不過沒其他辦法了。如果不快點找人，時間會不斷流失。」

「也對。」神田皺起眉頭，抬頭望著天花板好半晌，最後點頭。「好，採用你的提案。至於找誰寫，就交給你決定。」

「我知道了。」青山回答時，意識到演變成麻煩的狀況了。但總不能拒絕，畢竟神田是上司。

「大概就是這些吧。」小堺遞出一張便條紙。

青山接過去確認內容。上頭列出五個人的名字。「謝謝你。」他向前輩道謝。

「比較抱歉的是人選都不怎麼樣，不過畢竟距離截稿日的時間不多。要是能有一個月的期限，應該能湊出更好一點的名單。」

「不會，抱歉這麼麻煩你，眞是幫了我大忙。我會依序拜託看看這五人。」

年輕的青山無法決定委託誰來補推理特輯的空缺。他很熟悉當紅跟受注目的作家，但願意接下行程緊迫的工作通常是銷量不太好的作家，他就沒有這方面的相關知識了。因此，他找出版部時代的前輩小堺商量。

「不過我無法保證結果，畢竟全都是根本沒寫過本格的人。或許連讀都沒讀過。」

「總之我先問問看，說不定能得到意外的收穫。」

「反正不要太期待。尤其是第五個人，你最好小心。他自認寫的是冷硬派，但其實是很扯的小說。」

「這樣啊。」他反而在意起那是什麼小說了。

回到座位上，他馬上打電話。他聽過便條紙上這五位作家的名字，但幾乎沒讀過作品。可是他要在留意著別讓人發現這件事的情況下洽談，感覺起來會是令人有點緊張的工作。但實際上他連緊張的時間都沒有。他才說出希望請對方寫本格推理，就馬上遭到拒絕。

「要我寫本格推理？當然沒辦法。我就是想不出詭計才寫心理懸疑的，不好意思哦。」

「對不起，我討厭本格。密室、不在場證明之類的瑣碎玩意跟我的個性不合。你找其他人吧。」

「不好意思，我想描寫的是人生故事，詭計是次要的。」

「難得你來找我，這麼說實在過意不去，不過我不認爲自己是推理作家，什麼本格就更不用說了。」

遭到四人拒絕，選項轉眼間驟減。只剩下一個。

這個人是否也沒有希望呢——一面看著名字，他查詢電話號碼。熱海圭介。他得到灸英社的新人獎後出道，作品名是《擊鐵之詩》。青山沒看過。

眞希望他能接受。抱著祈禱般的心情，他撥出電話。

2

他比約好的時間早到五分鐘，然而咖啡廳深處的座位已經有熱海圭介的身影。他坐在那裡看書。跟照片上看到的一樣，他是毛髮有些濃密，讓人看著就覺得悶熱的人物。在宴會會場好像也見過他。

青山快步靠近，向他打招呼。雖然沒遲到，他還是道歉：「抱歉，我來晚了。」

「不會。」熱海神色慌張地想闔上書。然而他的手似乎滑一下，書本掉到地上。印有書店名的封套脫落，書名隱然可見。

「哎呀。」熱海連忙撿起來，扔進放在一旁的袋子。袋子上印著書店的名字，看來是剛買的。青山遞出名片自我介紹。女服務生很快就來了，於是他點了咖啡。

「呃，所以，」青山的聲音一啞。他清清嗓子，繼續說，「關於電話裡與您談到的那件事，是否可視作您答應了？就是……您願意幫我們寫一篇本格推理短篇，對嗎？」

熱海點頭，拿起咖啡杯。

「當然，沒問題。我可以寫本格推理。」是錯覺嗎，他的聲音在顫抖。

「聽您這麼說，我就放心了。抱歉委託您這麼趕的工作。」

「只是，那個，怎麼說呢……青山你具體想過要我寫什麼樣的作品嗎？例如說舞台、登場人物，還有那個……」熱海舔舔嘴唇，「什麼樣的詭計之類的。」

青山反過來凝視對方，眨了眨眼。「您說……我的想法嗎？」

「不，沒什麼想法也沒差，我只是想先問問看你們有沒有什麼期望。我不希望等到寫完之後，你們才想『我們想要的不是這種東西』。」

「不，不會的。」青山搖手。「不會有這種事。您依照自己的想法寫就行了。」

「是嗎？既然是這樣，我就按我的意思寫了。」

「這樣就可以了。期待您的大作。」

青山和熱海詳細說明原稿張數與今後的進度等等後，說句「那就拜託您了」並拿起咖啡廳的帳單。就在此時——

「寫蜜市可以吧。」

「什麼？」青山問。

熱海說聲「所以說」，接著環顧四周，壓低聲音繼續說：「既然是本格推理，寫蜜市就行了吧？」青山著急了一下，因爲他聽不懂熱海在說什麼。但思考片刻後，他就明白「蜜市」是「密室」。

「您想挑戰密室推理嗎？」他慎重詢問。

「因爲這就是本格吧？」熱海回答得一副沒自信的樣子。

青山坐回椅子。「密室詭計的確可以說是本格推理的大宗，不過本格並不僅限於此。而且密室推理至今爲止已經有眾多作者寫過，常被說點子已經用盡。第一次寫本格的人若要挑戰，我覺得可能有點危險。您寫探索別種謎團的作品也完全沒關係。雖然對您這種專業人士說這種話實在非常冒昧……」

熱海眨了幾次眼。「寫別種謎團……而不是寫密室？」

「當然了，假如您有前所未有的嶄新密室詭計，那就什麼問題都沒有。」

熱海的視線似乎在半空中游移。那個表情不知爲何讓人聯想到迷路的幼犬。

「呃，」青山說，「假如您還是對本格提不起興趣，我們不會勉強……」

「什麼！」熱海睜大眼睛。「不，不不不。」他用力搖頭。「沒有這種事。你說什麼啊，要是提不起興趣，打從一開始我就會拒絕了。不是這樣，只是點子實在太多，我在猶豫要寫哪一個。別擔心、別擔心。」最後他還哈哈大笑。

「所以可以拜託您對吧？」

「當然，包在我身上。」

「那麼，期待您的稿子。」

與熱海道別後，走出咖啡廳的青山感到心中的烏雲正在蔓延。交給那個作家眞的沒問題嗎？但已經無法回頭了。他在打電話委託執筆後才讀了熱海的代表作《擊鐵之詩》。他覺得詳細討論之前起碼要先看過一本，否則不太好。

書腰上新人獎得獎作這行字與「正統派冷硬巨作」的廣告標語上下並列。當然，他是抱著期待開始讀的。但當他往下讀，濕黏的汗水就從額頭滲出來，同時起了雞皮疙瘩。

很遺憾，這不是因爲受到作品感動。他是訝異於時下竟然還有寫這種古老冷硬派小說的人，接著一想到這種書是自家出版社所出版，就難爲情起來。

不對，古老冷硬派小說這種說法不正確，這樣講形同看不起古典。把「古老」之中的

「古」字去掉，稱之爲「老冷硬派」，不對，稱之爲「老派仿冷硬派小說」或許更爲妥當。比方說，敘述句中的比喻非常多，但實在稱不上貼切，會出現「他宛如潛水艇的螺旋槳一般，不停攪拌伏特加湯尼的冰塊」這類形容。而且無論是故事還是登場人物，都沒有眞實感可言。刑警主角從美軍偷出軍用直升機、闖入敵方根據地的場面，他讀著讀著就哀傷起來。爲什麼這樣的作品能得到新人獎呢，他完全無法理解。

「那時候的評審委員怎麼搞的？」面對青山的疑問，小堺如此回答：「好像是因爲那時候的入圍作都是些垃圾，自暴自棄之下決定選出最荒唐的作品。」

青山感到頭痛。怎麼會有這種事。不過小堺爲什麼會把那樣的作家加到名單上？他明白打電話給熱海之前沒讀過作品的自己有錯，但還是忍不住想抱怨一句。結果小堺說得若無其事：「因爲我想不到其他人了，不過我有要你小心了吧。」

沒問題嗎，那個作家寫得出來嗎——他再度擔心起來。剛才他對密室相當執著，不過該不會是因爲說到本格推理，他除了密室以外什麼都不知道吧？

熱海在咖啡廳看的那本書標題浮現在眼前。書名是《推理小說創作方法》。

3

原本一直盤腿坐在電腦前的熱海順勢躺下。他重重嘆一口氣。大腦疲憊不已，但螢幕上一行句子也沒有。他試著寫過幾句，但陷入僵局後又刪掉了。這樣的情況不斷重複。

不行，寫不出來——

他用力抓頭。即便瞪向天花板，也沒有想出好點子的跡象。

後悔著或許還是該拒絕比較好的念頭油然而生，但他拚命按捺住。事到如今才說這種話也遲了。而且會接下這份工作也是有逼不得已的緣由。

緣由坦白講就是錢。他的存款正漸漸耗盡，而且購買高價品時的貸款還沒還清。

幾個月前，他失戀了。對象是一位女編輯。對方的言行看起來好像對他有意思，因此他向她求婚，結果她其實已婚。現在他將這件事解釋為，「她恐怕是想得到我的稿子才會對我頻送秋波」。可恨的是，他不惜貸款買下原本打算在求婚時送出的鑽戒，內側已經刻上對方的名字，所以也無法當掉。

這個打擊使他好一段時間無法做任何事。他也無心工作，所以拒絕了碰巧發給他的稿約，不久就沒任何一個地方委託他工作了。當然，他也沒有收入。就在他發現不妙的時候，這次的工作從天而降。

聽到要寫本格推理，老實講他十分驚惶。也可以說他嚇得半死。

對熱海來說，這完全是未知的領域。當然，他知道有這種派別的小說，而且擁有眾多愛好者。不過他覺得這與自己無緣，至今一直保持距離。

但熱海並非沒讀過歸類為本格推理的小說。可是從頭讀到尾，他一次也不曾感到有趣。正確來說，他大多是在無法掌握故事的情況下看完的。就算最後有類似解開謎團的橋段，他也無法理解內容，只有挫折感不斷累積。可是他財務吃緊，在現在這個狀況能接到小說委託很值得感謝。距離截稿日沒剩幾天這一點，換個角度來想也是種幸運。雜誌馬上就會出版，稿費會早早進帳。

怕什麼，總有辦法。我可是專業人士。別人寫得出，我沒道理寫不出——在電話中受到青山委託時，這樣的想法在短短數秒間竄過腦中。「我就寫吧。」回過神時，他如此回答。但掛斷電話後，著急感朝他逼近。他一點都不知道怎麼寫本格推理。

煩惱到最後，他在與青山見面討論之前先衝進書店。他在那裡找到一本書。那本書散發一股氣息，似乎幫得上現在的熱海。書名是直截了當的《推理小說創作方法》，由日本推理作者協會編著，內容有隸屬於協會的五十位作家公開自己的執筆方法。其中也有以本格推理創作者身分聞名的作家之名。

翻開書，首先出現的是「前言」。日本推理作者協會理事長玉澤義正所寫的內容如下：

「本書不只對今後目標是成爲專業作家人相當有用且有效，就連對已經從事寫作的我們也一樣，我本身就再次學到許多。在此，我要自豪地推薦各位這本書。」

他感動得發出驚嘆。警察小說的第一人斷言到這種程度，看來十分可靠。

然而——

他一讀內容就發現完全派不上用場。例如，導致這次熱海要填補空缺的長良川永良這位作家是本格推理名家，他在這本書的「實例．從靈感到作品」主題中長篇大論一番，但讀起來毫無參考價值。不惜揭露自己作品的謎底，公開執筆過程是很好心，但事關如何構思做爲重要開端的詭計，他寫的只有「泡澡時靈機一動」。據他所說，「詭計這種東西就算坐在桌前沉吟也遲遲不肯浮現，離開工作時才會毫無前兆地飛來」。

熱海只能愕然。他想知道想出詭計的祕訣，就算說會飛過來，他也不知道怎麼辦。這本書中，長良川永良的朋友——稱爲新本格推理開拓者的糸辻竹人也針對「詭計的設計方式」這個主題接受採訪，內容同樣很扯。首先，採訪者劈頭就問了以下問題：

「這次要向您請教詭計的設計方式。能請您告訴我們『只要這麼做，無論是誰都能設計出精彩詭計』的方法嗎？」

熱海拿著書，不由得探出身子。這個，就是這個，他要找的就是這個——

然而糸辻竹人的答案如下：

「如果眞有那種訣竅，我還希望有人能告訴我呢（笑）」

「說什麼鬼啊！」熱海忍不住大喊。

這位糸辻竹人還提出其他意見，例如面對「對有意成爲作家的人，您是否有什麼建議呢」的提問，他的回答是這樣的：

「我覺得不要對『推理小說創作法』之類的教學書抱太大指望比較好。」

讀到這句話，熱海感到血衝腦門。明知道沒用，還出版這種書嗎？他有種宛如碰到詐騙的心情。他還沒加入日本推理作者協會，但現在他想，就算受到邀請也不會加入。混帳，可惡的玉澤義正——

話雖如此，現在不是對這種事發脾氣的時候。他必須想辦法擠出本格推理小說，不，只是有點樣子的東西也可以。說到本格就是密室，他得想出密室詭計才行。青山說過不用寫密室也可以，但這是要他寫什麼？要他想出別的方向還更加困難。

再度起身面向電腦時，手機響了。他接起來，發現是青山打來的。

4

「很抱歉提出任性的要求。」剛在咖啡廳碰到面，青山就低頭道歉。

「呃，所以怎麼回事？」熱海問。「我聽不太懂是什麼狀況。」

「是，如同剛才在電話所說，現在變成熱海先生隨自己的意思寫想寫的東西就行了。」

「不寫本格推理也行？」

「是的。」

「哦……爲什麼又變成這樣？你不是說想製作推理特輯，但沒人寫本格很傷腦筋嗎？」

「嗯，這個嘛，」青山皺起臉，「因爲有人苦苦哀求。」

「咦，什麼意思？」

「其實呢，」說了這兩個字，青山豎起食指抵在唇上，「這件事請您保密。」

「好。」熱海探出身子。看來有什麼有趣消息。

「您知道大凡均一先生嗎？就是前陣子得到天川井太郎獎的作者。」

「哦，就是寫《深海魚的皮膚呼吸》的那個人吧。」聲音中不由得參雜不快之色。

關於這個獎，熱海有句話想說：爲什麼自己的作品沒入圍？但現在這種事無關緊要。

「就是那個人苦苦哀求？」

「是啊。」青山嘴角一歪。「一開始討論推理特輯時，他自己說想挑戰與過去完全不同的類別，所以我們也以爲他會寫，但他今天突然打電話來說，果然還是寫不出來……」

「大凡先生究竟挑戰什麼類別？」

「呃，所以說，就是……」青山撓頭。

「我知道了。」熱海彈了個響指。「該不會是冷硬派吧？」

「啊，不是，那個……」

「我猜對了吧？」

「呃，嗯，差不多……」

「我就知道。」熱海大大張開嘴。「不行啦。我是不太清楚，不過大凡先生至今爲止寫的都是古典派的推理小說吧？那種人沒辦法寫冷硬派小說啦，寫不出來的。這件事你們也有責任，怎麼可以委託外行人寫冷硬派小說。」

「我們現在正全心全意反省。」青山再度深深低下頭。

「然後呢？爲什麼跟我扯上關係？」

「所以說，我們就問大凡先生能寫出什麼樣的推理，得到的回答是，『如果是本格推理的話，現在馬上寫得出來』。」

「哈哈，」熱海慢慢環抱起胳膊，「是這麼一回事啊。所以你們決定本格推理由大凡先生來寫，熱海圭介寫冷硬。」

「不不，」青山搖手，「不是冷硬也無妨。如同最初說的，請您寫想寫的就好。」

「哦。」熱海將牛奶加入咖啡杯，用小湯匙悠然攪拌。「這樣啊，已經不需要我寫本格了嗎？眞遺憾，難得我想了很多好點子。」

「啊，難不成您已經開始寫了嗎？」

「沒有，不過本來構想已經逐漸成形了。構思到那種程度，可是花了我相當多時間。我覺得那是很不錯的詭計。如果讀到那個故事，那些本格推理作家或許也會感到訝異吧。」說完，他輕啜咖啡。

「既然您說到這個份上，」青山試探般抬眼看他，「寫出來也沒關係……」

熱海倒抽一口氣，他差點嗆到。

「不，我就算了。」他裝出平靜的模樣回答。「既然其他人要寫本格，類別重複並不好。我要寫冷硬，這樣可以吧。」

「是，當然沒問題。」

「那就這樣吧。」熱海起身。

走出咖啡廳，確認已經看不到青山身影後，熱海兩手握拳比出勝利手勢。

5

在大樓轉角轉彎後，青山拿出手機。他打電話到公司，對方馬上就接起來了。

「我是青山。事情順利談妥了。」

「熱海先生接受你的說法了嗎？」神田再次向他確認。

「當然。跟預料中一樣，他露出了抓到救命稻草的表情。」

「我們也是逃過一劫啊。我也想看一次那個人寫的本格是什麼樣，不過這種事發生在別家雜誌就好。一想到要刊登在我們的雜誌上，我就心裡發毛。那他說要寫哪種類別？」

「他本人似乎打算寫冷硬。」

「果然。算了，就這樣吧。管他本人自認爲在寫什麼，大概都會寫成跟至今爲止同類別的作品。你沒告訴熱海先生說，大凡先生一開始是想寫哪種類別的推理吧？」

「當然，我含糊帶過了。」

「那就好。那麼，你也跟大凡先生聯絡一聲吧。」

「我知道了。」青山掛掉電話，撥打大凡均一的電話號碼。

「——就是這樣，所以就麻煩大凡先生您寫本格推理，這樣可以嗎？」青山年輕的聲音在電話中響起。

大凡均一緊握住聽筒站著，並低下了頭。「這次真的非常抱歉，我深切感受到自己的不成熟。今後我絕對不會再讓這種事發生，以後還是要請你們多多關照。」

「不會不會，不用那麼在意。很高興您盡速告知，幸好也找到願意代寫的人。」

「關於這點，請問是哪一位作者呢？我想向那位作者表達歉意與謝意。」

「不，我覺得沒這個必要。寫稿就是作家的工作。」

「這樣啊。不過只要看下一期《小說灸英》，就知道代替我的作者是誰了。」

「是啊，請您親眼確認吧。」

「我會這麼做的。不過挑戰新類別眞是一件困難的事啊。」

「這麼棘手嗎？」

「很棘手，我想這並不適合我。能寫出那個類別——幽默推理的人會是什麼樣的人呢？」一面說，大凡一面偏過頭。「我會從現在開始期待下一期《小說灸英》會刊登出什麼樣的幽默推理。」

當他這麼說完，不知爲何響起了青山低吟的聲音。

「與其說是幽默推理，更像是搞笑小說。那個作者寫出來的大致上都是這種感覺。」

「是嗎？不管怎麼說，我想都能學到經驗。」

「嗯，雖然我覺得不太能做爲參考就是了。」青山說出耐人尋味的一句話後，道聲「那就麻煩您了」就掛斷電話。

大凡放下話筒，在沙發上坐下。妻子在一旁泡茶。

「看來出版社那邊幫忙處理了呢。」她將茶杯放在大凡面前。

「他們幫我想了辦法。」大凡拿起茶杯啜飲。「眞是幫了大忙。」

「以後記得不要太逞強，不可以接下自己做不到的工作。」

「是啊。」大凡嘆氣。「不過我本來還以爲自己寫得出幽默推理。」

「甚至還買了那樣的書，」妻子苦笑，「眞傻。」

「沒錯，完全被日本推理作者協會給騙了。」大凡拿起之前扔在一旁的書。

書名是——《推理小說創作方法》。

（作者注：本作中登場的「日本推理作者協會」與現實中的「日本推理作家協會」無關。此外，與本作中的《推理小說創作方法》不同，日本推理作家學會編著的《推理創作方法》（幻冬社），是有志成爲推理作家的人讀過之後眞的能得到收穫的一本書。）

宣布封筆

1

神田想，好久沒走這條路了。幾年以前雖稱不上頻繁，但曾以一定頻率往來這裡。

他是老派的編輯。即便賣得再怎麼差，只要能將自己中意作家的稿件出版成書，就能感受到喜悅。他喜歡與作家數度討論，決定接下來要寫什麼小說時的高昂感。最先讀到根據討論內容寫出的稿件時的期待感、閱讀中的緊張感都讓人欲罷不能。讀完的時候，他會向作家獻上最大的敬意。但不能只顧著興奮。身爲編輯，爲了讓作品更優質，有時候必須向作家提意見。每到此時，使命感就會支配他的心。

數度往訪這條路，是在他過著這種充實編輯生活的那段日子。現在神田不再採取這樣的工作方式，也不再這樣要求部下。他把上頭吩咐自己的事情轉達給部下：

「只要是暢銷作家的原稿，不管什麼都行，拿到手就對了。」

基本上只有這條守則，除此之外沒什麼特別方針。

他覺得很荒謬。每家出版社當然都想要暢銷作家的稿子。只把這樣的稿件出版成書，想必沒有比這更輕鬆的生意了。但實際上當紅作家僅有一小撮，就連能創造出利潤的作家都沒幾個。這些數量稀少的作家，有好幾家出版社在彼此爭奪。

按理說是出版社該把銷量還不好的作家培養成能大賣的作者，或是宣傳到讓作者能廣泛被大眾認識，他們過去就是這樣打造出暢銷作家。邀請銷量不佳的作家寫稿就是一種投資。但現在很少出版社有這樣的餘裕。大多數出版社都在等待其他同業培育出新明星，神田任職的灸英社也一樣。幾年前，上級做出「今後不要再邀沒有希望暢銷的作家寫稿」的指示。按照這個指示，他捨棄好幾個有交情的作家。

神田在一間日式住宅前停下腳步。他好久沒穿過這道玄關了。他以前總抱著「投資」的想法前來與對方見面，祈禱對方這次寫出有銷量的小說，一面走進門。

門牌上寫著寒川心五郎。

他是神田第一個捨棄的作家。

2

「讓你特地跑一趟，眞過意不去。我本來想過要不要在外頭見面，不過四周吵吵鬧鬧很難好好談。況且我也不喜歡談話被別人聽到。」

坐在沙發上的寒川看起來比以前更顯富態了點，但頭髮似乎變稀疏了。他穿著跟不上流行的毛衣，這點跟以前一模一樣。

「好久不見，這是一點小心意。」神田遞出一個紙袋，裡頭裝的是在車站前和菓子鋪買的羊羹。

「哎呀，讓你破費了。最近都沒在你們那邊寫稿，你明明不用這麼費心。」寒川一臉開心地接過並這麼說。

神田帶著複雜的心情理解這句話，心想他是不是在諷刺灸英社沒委託他工作。

「忘記是什麼時候了，你曾經對我說，『我絕對不會催您，請以自己的步調寫出滿意的作品，我有覺悟在那樣的作品寫好之前一直等下去』。仗恃著你這段話，我一直以來多有忘恩負義之舉。這幾年我連一張稿子也沒交給灸英社，眞的很抱歉。」寒川露出難受的表情低頭道歉。這看起來不像演技，神田知道他不擅長演戲跟說謊。看來寒川是眞心在跟他道歉。他似乎不覺得自己被捨棄了。

那今天他是爲了消除他所謂的「忘恩負義」才把神田找來嗎？也就是說，寒川終於寫出滿意的作品，所以想把稿子交給他嗎？神田著急地想，如果是這樣就糟了。拿到那份稿子也沒有出版的希望。

「不不不，」神田在臉前搖手，「請您抬起頭。就我個人而言，能拿到寒川老師您的稿子是再好不過；可是在那之前，我覺得有必要先思考一下，用什麼樣的形式出版那份重要的稿子對老師才是最好的。極端的情況下，就算無法在我們出版社出版也是無可奈何。讓我們兩個人一起思考要在哪家出版社出版、如何出成書吧。」

這次換成寒川大大搖手，也搖搖頭。「不是的，神田，我不是這個意思。沒稿子。眞的很抱歉，我現在還是連一張可以交給你的稿子都沒有，所以才會向你低頭道歉。」

「哦……」神田感到困惑，注視著資深作家稀疏的頭頂。「所以您不是寫了稿子啊。呃，那麼您今天是爲了道歉才找我過來嗎？」

「不，不只是這樣。」寒川抬起頭。「道歉的同時，我有事想跟你商量。與其說是商量，說是報告或許比較好。因爲我心意已決，不會再動搖了。」

神田反過來注視作家的臉。寒川似乎做出什麼決定，但他完全推測不出內容。

「神田，你看過前陣子的奧運嗎？」

「您說奧林匹克運動會嗎？是，我有時候會看電視轉播。」

「運動眞好啊。以金牌爲目標，試著發揮自己擁有的全副力量，這些選手的身影十分美麗，光看著他們的肌肉動作就令人感動。然而在光輝燦爛的另一面，他們隨時都思考著自己的退役時機也是事實。不是好幾位選手得到金牌之後，馬上就說出暗示將會退役的發言嗎？這是因爲頂尖運動員都明白自己的極限。直到遍體鱗傷都要繼續下去也是一種美學，不過果斷放棄並前往下一個舞台的生活方式果然還是很帥氣。你不覺得嗎？」

「我也這麼想。」雖然一點也聽不懂寒川想說什麼，神田還是耐著性子應聲。

「所以，」寒川雙手支在大腿，探出身子，「我終於下定決心，希望你別阻止我。」

神田眨眨眼，望著寒川鬆弛的面孔。「呃，請問您下了什麼決心呢？」

寒川皺起眉頭。

「你剛才有在聽嗎？以這個談話走向，我的決定當然就是退役。我決定退役了。」

神田還是不懂他的意思。他猜想寒川大概是出於興趣從事什麼運動。

「那個，寒川先生，抱歉我腦袋不太好。您到底打算從什麼運動引退？高爾夫嗎？」

「高爾夫？你在說什麼，我可不會打高爾夫。」寒川在桌上一拍。「是寫作。我決定封筆了。」

寒川的話語花了一點時間才傳遍神田整個大腦。神田完全理解他的意思後驚呼一聲。

「您是說不當作家嗎？您再也不寫小說了？」

「沒錯。我決定從第一線退下來。」

「老師，請您等一下。」

「我不等。剛才我說過吧，我已經做出決定了。我的決心很堅定，無論是誰說了什麼都不會改變想法。你放棄吧。」

看到抱著臂用力緊抿嘴唇的寒川，神田感到困惑。他作夢都沒想到會蹦出這種發言。剛才他說「等一下」並不是希望寒川回心轉意，而是神田自己想整理腦中想法罷了。

「喔，這樣啊，封筆……」神田抓著頭嘀咕。他的混亂還沒完全平復。

「說得這麼突然，我很明白你現在很困惑，但這是我充分考慮後的結果。如同那些金牌得主一樣，我也想在輝煌時刻離去。」

「輝煌時刻……啊。」神田只是重複寒川這句話，不知道如何回應。輝煌時刻？這位作家有過這樣的時光嗎？

「所以我有件事想拜託你。」寒川說。

「請問是什麼事？」

「我在這個業界待很久了，受到許多人的關照，欠了許多人的人情。我覺得不告知這些人一聲就封筆也很失禮，還是想好好遵守人情事理。」

「原來如此，那麼就用書簡或是其他方式向各位報告……」

聽到神田的提案，寒川一副不滿地噘起下唇。

「一位作家要封筆，怎麼可能用那種徒具形式的報告就夠了。」

「那您要採取什麼樣的形式呢？」

「這個嘛，我個人覺得召開記者會是最好的，而且是聯合記者會。」

神田感到頭隱隱作痛。「聯合的意思是要找好幾家出版社來嗎？」

「這最方便吧。要是個別接受採訪，我就得重複同樣的話好幾次，太麻煩了。對，最好開個聯合記者會，就這麼辦。神田，麻煩你朝這個方向安排，可以吧，你明白了吧？」

他單方面說個沒完，腦海還是有些茫然的神田想不出任何反駁，就這樣點頭答應了。

3

聽到神田所言，獅子取噴出啤酒。

「什麼？封筆的聯合記者會？什麼東西啊。」用手帕擦拭濕掉的衣服，獅子取問。

兩人在新宿的居酒屋。神田以有要事為由把他找出來。獅子取跟神田同期進入出版社，現在擔任出版部的總編。他與寒川的來往時間之久，在灸英社內僅次於神田。

「我都說過了，如同我剛才所說，寒川先生似乎想在記者會上公布自己要封筆。」

獅子取按住自己的太陽穴。「我聽不太懂，封筆是什麼意思？」

「就是再也不寫小說，不再出書了。他用的講法是『從第一線退下來』。」

「哦」一聲後，獅子取疑惑地偏過頭。

「這種事有必要特地發表宣言嗎？如果不想寫，只要不寫就行了。說到底，寒川先生這兩年不是都沒有交出新作嗎？早就已經從第一線退下來了。不過誰都不在意這件事，當然應該不會有人對他本人抱怨什麼，這樣不就好了嗎？」

「他好像對退役這個形式有某種嚮往，似乎受到運動選手的退役記者會影響。」

「他還眞是提出了一件麻煩事。」獅子取表情一歪。

神田舉起生啤酒的酒杯。大口暢飲後，輕輕吐出一聲嘆息。

「我起初聽到的時候也感到可笑，但後來好好思考過後，我開始覺得答應寒川先生的請託也沒什麼不好。」

「爲什麼？」

「你說得對，就算寒川先生今後不再寫任何東西、不再出書，也幾乎沒人放在心上。寒川先生稀少的讀者中，或許有人會對他最近都沒推出新作而感到狐疑，但這樣的人恐怕只有極少數。而且就連這些極少數的人，也總有一天會忘記他。不只是寒川先生，大多數作家都是這樣。什麼都不做的話，名字在業界內就不會被提起，也接不到工作委託，不久便遭到編輯與讀者遺忘。有人說作家是沒有退休年齡的職業，但相對的也沒有明確的退休可言。只要本人堅稱自己是作家，確實就能一直頂著作家頭銜；不過就算是這樣，也不表示能接到工作。持續出書的期間就還是作家，但一中斷就等同沒有工作。總而言之，就算自稱作家，事實上不過是前作家。之後得再努力寫作出書，才會變回作家。到死爲止，都在作家跟前作家之間循環——作家就是這樣的職業。」

「我有同感。以這個說法來說，寒川先生在現在這個時間點就是前作家，而且沒有變回作家的希望。也就是說，事到如今也沒必要辦什麼封筆記者會。」

「問題就是這個。你說得沒錯，他其實在連自己都不知道的時候就引退了，但你不覺得這很悲哀嗎？比起這樣，既然他都自己決定要拉下帷幕，配合一下也無妨吧。雖然勉勉強強，但他好歹也是累積不少實際成果的作家。」

聽到神田這麼說，獅子取支著臉頰沉吟。

「聽你這樣講，我還挺難受的。那人沒為我們創造多少收入，但出問題時受他幫助是事實。其他作家交不出稿子，眼看就要開天窗的時候，就常常拜託寒川先生。他無論何時作品都會保持一定水準，讓人很安心。雖然他也沒有大幅超越那個水準的作品就是了。」

「那你願意參與這件事嗎？」

獅子取不情不願地點頭。「好吧，我奉陪。我會邀邀看其他出版社的人。」

「麻煩你了。要是封筆宣言成為話題，寒川老師的書多賣幾本，對我們也有幫助。」

「不過我覺得，」獅子取縮起脖子，「那個可能性是零。」

4

十月的一個週六，神田在灸英社的會議室滿心焦慮。房門上貼著一張寫著「作家・寒川心五郎　聯合記者會會場」的紙張。再過二十多分鐘就要召開記者會，但還沒任何一個記者出現。當他瞪著手表，思考要不要稍微延後記者會開始的時間時，獅子取慢慢走進來。「嗨，抱歉我遲到了。」

「狀況怎麼樣？現在還沒有人來。」

「我就知道。」獅子取環視擺滿摺疊椅的室內。「我大致邀請過認識的報社記者，但他們也很忙，果然沒時間配合這種餘興節目。」

「眞糟糕，得想辦法找人過來才行。你應該通知過各出版社的責任編輯吧？」

「通知了。大家都說既然是這樣，會盡可能出席。」

「盡可能，而不是一定啊。」

「我想應該會有幾個人來，我也要我們出版社的年輕人盡量過來了。比起這個，寒川先生呢？」

「我請他在等候室休息。」神田壓低聲音繼續說，「他少見地穿了西裝，好像也去過一趟理髮店，整個人幹勁十足。事到如今，已經無法中止了。」

獅子取發出呻吟。

一位年輕男社員一面喊著「總編」，一面走進來。是神田的部下青山。

「來上班的人是有，但很難找到有空的。畢竟都到週六還來上班的地步了，他們都相當忙。」

「不管哪個單位的人都行，漫畫雜誌還是女性雜誌都可以，總之湊到人數最重要。」

青山帶著遺憾的表情搖頭。

「我已經問過漫畫雜誌跟女性雜誌那邊，他們都說不認識寒川心五郎而拒絕了。」

「那其他單位呢？」

「問過了，但湊不到幾個人。所以我想拜託看看外部人員，可以嗎？」

「外部人員是指什麼人？」
「一位是警衛，我想只要請他穿上西裝就不會有問題。還有，我跟清潔阿姨談過，她說可以幫忙。」
「ＯＫ，你就朝這個方向去找。」
「收到！」青山說完就衝出房間。
「警衛跟清潔阿姨，這到底是什麼樣的成員啊。」獅子取搖頭。
「這種時候管不了那麼多了，畢竟週六待在公司的人很少。」
「爲什麼要選在週六？如果是平日，說不定還能想點辦法。」
「平日的話，就得不到這間會議室的使用許可。寒川心五郎這個名字，對我們出版社來說屬於過去了。」
神田剛說完，「哦，看來是這裡」的聲音在外頭響起。接著，一位瘦長男子走進來。
「阿廣，你來了！」神田發出歡呼。
這個男人是金潮書店的廣岡。他是寒川心五郎的責任編輯，經手過的書僅次於神田。
「我當然會來。既然是寒川先生的封筆典禮，怎麼可以不出席呢。」
不只是他，令人懷念的成員從後頭慢慢走進來。每一個都長年擔任寒川的責編。
「哎呀哎呀，你也來啦。」
「你好你好。」
「好久不見。」

好久沒像這樣齊聚一堂了。簡直就像同學會，和睦的招呼聲四起。

神田自己也陷入彷彿回到二十年前的心情。他馬上暢談起往事。「那時阿廣嚇到我了，竟然帶著寒川先生辦全國巡迴簽名會。你們當時究竟跑多少家書店？」

聽到神田的問題，廣岡的鼻子一抖。

「應該有一百家，花了大概一整週吧。那時出版社的景氣很好，幫我們出了旅費。回來後馬上加印三千本，我感動到都哭了。」

「那眞的很震撼，因爲我沒想到除了我以外，竟然還有編輯能讓寒川先生的書賣到兩萬本以上。當時我就覺得被將了一軍。」

話題無窮無盡，因爲過去確實有過圍繞著一位作者，各家編輯使出全力較量的時代。說來諷刺，就是因爲寒川銷量不好，這種較量才這麼有意思。若是只要出版必定熱賣的作家，編輯的手腕就無用武之地。將寒川的書推銷出去需要智慧與努力。因此，即便賣超過對手一千本，那晚喝到的酒都會讓人覺得美味無比。

獅子取來到神田身旁。「差不多可以開始了吧？」

神田環顧會場。加上部下找來的人，擺設的摺疊椅一半以上坐滿了。看來總算能撐起場面。「那我請寒川先生過來。」說完，神田離開房間。

5

「各位，讓你們久等了，寒川心五郎先生的聯合記者會就此開始。首先，寒川先生要向各位說幾句話。在那之後我會問各位有沒有問題，若有問題想問，只要當場舉手我就會知道了。那麼，寒川先生請進。」

神田的開場白結束後，寒川打開門走進來。他穿著茶色西裝。頭髮雖然稀薄，還是梳理得整整齊齊。他踩著緊張的步伐走向主席台，身影沐浴在相機的閃光燈之中。不過大拍特拍的是神田跟獅子取的部下，沒有任何一個專業攝影師。這是爲了營造出封筆記者會氣氛的效果。

寒川行了一禮後就座。桌上設置了麥克風。會議室不大，其實不需要這種設備，不過這也是營造氣氛的一環。

「嗯——非常感謝大家今天爲我聚集到這裡。」寒川開口。麥克風的開關沒有打開，但聽得很清楚。「其實我有件事要向各位報告。我，寒川心五郎——」此時他頓了一下，彷彿想確認是否受到所有人注目般環視眾人，「我，寒川心五郎決定在今天封筆。各位，到今天爲止眞的非常感謝。」他深深低下頭。

場內鴉雀無聲。聚集於此的人幾乎都知道寒川要封筆，不知情卻被找來的那些人也不曉得寒川是誰，所以這種狀況也是理所當然。

「呃，那麼接下來接受提問。有誰有問題要問嗎？」

隨即舉起手的是獅子取。當然，這是事先套好的招。「請說。」神田道。

「我是灸英社的獅子取，我有幾個問題想問。首先，請問您決定封筆的理由是什麼？」提問內容是詢問過寒川本人的期望後準備好的。

寒川抬起頭，將嘴靠近麥克風。

「一言以蔽之，我感到自己能力的極限。再這樣下去，總有一天會寫不出回應眾人期待的作品。演變成這樣之前，我決定自己拉下帷幕。」

老交情的責編都在苦笑。他無法回應讀者期待的狀況並非從現在才開始，但他好像完全不這麼認為。

「那麼在您自己的作品中，您認為最能回應讀者期待的作品是哪一部呢？」獅子取按照套好的內容繼續問。

寒川環顧所有人。

「當然是《血脈的遙遠山河》。我認為那是我的最高傑作，也是代表作。」

聽他這麼說，神田想，果然是這樣。

《血脈的遙遠山河》是大約十年前寒川在灸英社出版的書。那是描寫一個家族橫跨三代的故事，集傳奇小說、推理小說、歷史小說、戀愛小說乃至社會派小說，總之就是所有要素於一書的力作。他記得稿紙張數應該有三千張以上。

「我特別中意的是在倒數第二章中，主角與父親的仇敵對決的橋段。為了寫出那個部分，我隱居山林兩週。因為我當時覺得若不置身於大自然環繞之下，將那份力量吸收到體內，我就寫不出來。我認為成果有顯現在那個橋段中。」

寒川如此力陳，但聽眾的反應薄弱。這是當然的。這裡絕大多數人恐怕都沒讀過《血脈的遙遠山河》。那部小說確實是一部心血之作。不過就算作者為此費盡心神，也不見得必定大賣，此外也不保證會得到高評價。

很遺憾，《血脈的遙遠山河》沒造成什麼話題，也沒入圍文學獎，更沒有暢銷。開賣一個月後就完全從書店消失蹤影。

神田知道寒川在那部作品上賭了一把。他希望靠那部作品得到文學獎，在社會上一舉成名；遭到社會漠視後，他的沮喪非比尋常。

不只是寒川。賭上一把的作品以希望落空告終，幾乎所有作家都有這種經歷。即便是現在稱為暢銷作家的人，成功前也有好幾本自信作遭到無視。

「能請問您現在是什麼心情嗎？」獅子取進行到下一個問題。

寒川閉上眼深呼吸後，再次睜開眼睛。

「現在滿足感與寂寥感各占一半。接下來我會產生什麼心情，老實說我還不知道。不過我敢說的唯有一件事：成為作家真是太好了。我至今為止能一直當一個作家，都要多虧各位。我打從心底感謝你們。」

「謝謝您。那從明天開始您有何計畫呢？還沒決定嗎？」獅子取問出收尾的提問。

寒川略作沉思，接著將臉湊近麥克風。「我想我會先悠哉一陣子。不過如同剛才所說，我能當作家至今都是託各位的福，我認為必須先把這份感謝的心情呈現出來。」

「您的意思是？」

「身為作家的我既然說要『呈現』，各位可以想成寫小說。這是我最後的工作，不是告別賽，而是告別作。我想盡早發表，所以請各位再等一下就好。另外，我想把這部作品交給比任何人都理解我的作品，一直等待我的稿子的灸英社編輯神田——神田，就是這樣，麻煩你了。」寒川對他露出笑容。

所有人的視線聚集到神田身上。獅子取露出困惑神色。

然後，莫名無力的「啪啪啪」鼓掌聲響起。

6

封筆記者會整整一週後，神田前往寒川的家。

「您在那之後過得怎麼樣呢？」

寒川泛起苦笑，同時側過頭。「挺怪的。明明不用再構思小說，回過神來腦中卻到處是點子。該說這就是作家的天性嗎？」

「您要不要放鬆一段時間呢？我覺得您可以做一趟旅行。」

「也對，告一段落之後，我會考慮看看。」

「您說告一段落，難道還留有什麼該做的事嗎？」

「很多啊。啊。對了，關於記者會時提到的告別作——」

「老師，請別在意。」神田攤平伸出的右掌。「畢竟是那種場面，我想您應該是不小心就做出了無心的口頭承諾。現在您不用想這種事，在接下來的人生中——」

神田住了嘴，因爲寒川從一旁拿出一個大信封袋。

「在那之後我的情緒高昂，一口氣就寫了這麼多。這些交給你，隨便用什麼形式幫我發表都行。當然也可以刊在《小說炙英》上。」
「……您在那之後馬上就寫完了嗎？」
「因爲下筆感覺變得很輕快。或許是因爲發表封筆宣言，整個人都放鬆了。篇名是〈筆之道〉，還不錯吧？就麻煩你了。」寒川用雙手將厚厚一包信封遞給他。
神田接過信封，拿起來沉甸甸的。他的心情同時沉重起來。
「……我明白了。那就由我保管。」
神田離開寒川家後，攔了一輛計程車。他在計程車中拿出剛才拿到的大信封袋，信封袋裡裝著稿紙。寒川是時下罕見的手寫作家。每一張稿紙都附有頁碼，神田閱讀內容之前，先確認最後一頁的頁碼。是１１５。這表示四百字稿紙共一百一十五張。
傷腦筋，竟然這麼多——
炙英社的方針是不再出版寒川心五郎的作品。但神田說服管理階層，得到僅此一次可以刊登在《小說炙英》上的許可。話雖如此，眼見頁數超過一百張，他大概會受到上頭的斥責。都封筆了，明明就不用這麼努力寫——
神田將稿件放在大腿上，打算先讀讀看。但他一看到寫在第一張的標題時心下大驚。本以爲是什麼誤會，但不是。明白不是誤會時，他感到一陣暈眩。
標題是〈筆之道　第一章〉。他連忙看了最後一頁，最後面寫著「第二章待續」。

戰略

1

收到熱海圭介告知新作長篇小說完成的郵件。信件內容除了「我自認寫出了不會背叛讀者期待的作品」之外，另有附加檔案。小堺的心中抱著懷疑與少許期待地打開檔案。他一看到小說標題就一陣脫力。篇名是〈去問子彈與玫瑰吧〉，副標題是〈擊鐵之詩2〉。

他嘆息著想，眞傷腦筋。《擊鐵之詩》是熱海的出道作，目前確實是他的代表作，但這不過是沒有其他引人注目的作品，而《擊鐵之詩》也只是得到了新人獎，並未特別受到矚目。但他本人似乎對此抱有特殊情感，想寫續篇而堅不退讓。既然堅持至此，身爲責任編輯也只能要他先寫出來看看。

他把文件檔轉成直書後開始閱讀。沒過多久，他就自覺到自己的嘴用力抿起來。

果然又是這樣——

主角與《擊鐵之詩》相同，是獨來獨往的前刑警。這個男人得知救過自己的女人成了黑手黨的人質，想獨自救出她，然而操控全世界恐怖分子的神祕組織卻牽涉在內，這是壯闊卻充滿既視感，而且缺乏現實感的故事。過度受到冷硬派影響的文體依舊健在，這次出現了「散落的玫瑰花瓣有多少片，男人心中便有多少彈痕」的敘述，連小堺都替他臉紅。

花一整天讀完後，他再次頭疼地想，眞傷腦筋。

假如這是投稿新人獎的稿件，大概不會入圍決選；如果是自薦的稿子，他大概看三分鐘就扔到一旁。老實說，他不認爲這是値得出版的作品。只能設法請他改寫，不過小堺很懷疑能有多少改進。要是沒有多大的改善，就不予採用了——帶著冷了幾分的心，小堺做出結論。然而就在隔天，他被上司獅子取問：「熱海先生的新作怎麼樣？差不多是交稿的時候了吧？」

「昨天姑且交出來了。」

「什麼嘛，這樣啊。」獅子取的臉色好起來。「品質如何？能按計畫出版嗎？」

「不，這個，」小堺偏過頭，「按現在的狀況不能出版，需改寫滿多部分。」

獅子取馬上皺起臉。「是哦？你覺得會花多久？一個多禮拜嗎？」

「不不不。」小堺搖搖手。「就我讀起來的感覺，我想要花一個月，不對，比這更長的時間。或許從頭開始寫比較好。」

「什麼，不能想點辦法嗎？」

「我想有點困難。究竟是怎麼了？總編你以前對熱海先生的作品不是不抱什麼期待嗎？甚至還說過不出也行。」

「因爲狀況變了。」獅子取露出一臉愁容，抓了抓短髮的腦袋。「在昨天的會議中，提到新人獎的良率。」

「新人獎的良率？那是什麼？」

「就是字面上的意思。也就是從我們新人獎出道的作家中，百分之幾成長成能爲出版社創造收益的作家。」

「這個……」小堺吞了口口水，「眞是個殘酷的話題。」

「行銷部門提出了詳盡資料，結論是，與其他出版社的新人獎相比之下不是很好。」

「是這樣啊？」

「就是這樣。老實講很令人不甘心就是了。」

「不過問題難道不是在於評選的人嗎？就是那些評審委員。」

獅子取撇撇嘴，搖搖頭。「無論哪裡的新人獎，評審委員的班底都大同小異。所以行銷部門的那些傢伙說，是不是因爲我們的培育方式不好。」

「喔，培育方式啊……」

「我被他們說，怎麼推銷新人作家，又怎麼做出市場區隔，出版部是不是該多想想？他們甚至說，如果只會等待像唐傘先生這種可以自己成長的作家，根本不需要編輯。」

「竟然說到這種程度。您當然反駁了吧？」

「當然，你以爲我是誰啊。」獅子取挺起胸膛。

「您是怎麼回的？」

「我說，『只會等待』這話我可不能當作沒聽見。我們時時都挹注心血於培育新才，證據就是近期我們會讓新人獎出身的作家爆紅。計畫已經逐步進行——在社長在場的情況下，我痛快淋漓地說了他一頓。」

小堺直到剛才還滿心崇拜地望著上司，聽到剛才這段話，他的心情立即沉重起來。

「您沒有被問到您說的是哪一位作家嗎？」

「被問到了。」

「難不成您說的那位作家是……」

獅子取帶著嚴肅神色點頭。「就是熱海圭介先生。說到獲得我們新人獎的作家裡預定在最近出書的人，我就只想得到他。」

小堺感到自己開始全身發軟。

2

一如小堺預料，獅子取根本沒有好好讀過熱海圭介的作品。將至今爲止的作品、銷售成績的資料以及這次未公開新作的稿子推在桌上，獅子取從頭讀起來。望著那個模樣，小堺想像起這次騷動的結果。獅子取稱作傳說中的編輯，看穿才能的目光也十分神準。只要看幾頁，他就會明白這根本無法當成商品吧。他是個自尊心強烈的人物，但在下次會議中，他是不是只有向社長等人低頭道歉一途呢？

獅子取整整兩天都在讀熱海的作品。讀完後，獅子取讓椅子一轉，好長一段時間一直望著窗外。夕陽完全西沉時，小堺被一句「小堺，過來一下」找過去。他有些緊張，站到獅子取的辦公桌前。病入膏肓——他猜想獅子取對於熱海的小說或許會做出這樣的評價。

獅子取緩緩開口：「病入膏肓。」

他差點雙腿一軟。太過符合他的預期，他反而嚇到了。

「但是，」獅子取繼續說，「或許還是能搶救一下。」

「什麼？」

獅子取拿起《擊鐵之詩》。「的確，劇情許多牽強之處，一點也不現實，行文句句浮誇做作，背後嘲弄成仿冷硬的搞笑小說也可以理解。但看看銷售成績，就會發現奇妙的事：首先，第二部作品的銷量大跌。這恐怕是因爲讀了第一作《擊鐵之詩》感到失望的讀者出走了吧。然而在這之後，實際銷售量幾乎沒變動。一般來說，應該會逐漸減少才對。爲什麼沒減少呢？」

「這就是行銷部門常常覺得奇怪的一個現象。」

「所以我再次重讀所有作品，接著得到一個結論，」獅子取盤起粗壯的胳膊，「這個作家是臭魚乾（*1）吧。」

「臭、臭魚乾？您說那種難聞的魚乾嗎？」

「對。你吃過嗎？」

「沒有，我沒吃過。我從去一趟八丈島的作家手中收過一次，但一打開眞空包裝，我跟老婆就尖叫起來……」

「結果丟掉了嗎？」

小堺點頭。「還用保鮮膜包了好幾層。」

「這樣啊。我有一次在公寓的廚房烤，結果鄰居跑來抗議，因爲臭味太強烈了。」

「完全無法相信那麼臭的東西是食物。」小堺一面搖頭一面說完之後猛然驚覺：「你是說熱海先生的小說具有的那股怪味，跟臭魚乾是一樣的？」

獅子取點頭。「但吃吃看就會發現臭魚乾很美味。吃臭魚乾要勇氣，因爲得戰勝那股臭味。可是一旦跨越障礙一嘗，就會嘗到難以言喻的獨特味道。熱海先生的小說也一樣。習慣做作的文體跟牽強的發展就會發現奇妙的魅力。說得誇張點，會上癮。所以銷量少卻不會下滑，這表示有固定讀者。只要更多人讀到，掌握到的書迷也許是現在的好幾倍。」

聽到上司強而有力的話語，小堺困惑的同時也充滿新鮮感。在此之前，他從未這樣看待熱海的作品。他好像都只是與世界上的其他優秀作品比較，不斷挑毛病而已。

「他的新作怎麼樣？」小堺問。

「你說〈擊鐵之詩2〉啊。」獅子取咧嘴一笑，抓起一旁的原稿。「很不錯，這股味道變得更加精煉，也可以說是增添了一股芳醇。」

「那麼改寫就……」

「完全沒必要了，直接這樣出版吧。」

小堺被上司自信滿滿的語氣鎮住了。這是他完全沒預料到的發展。

獅子取說，「但問題在於怎麼讓許多人讀到。人會避開氣味強烈的東西而不肯靠近，可是一定得設法讓來到書店的人拿起熱海先生的書。重要的就是戰略。」

「總編你是指要大幅宣傳嗎？」

「不行，現在這個時間點，不會撥下額外的廣告費。」

「那該怎麼做呢？」

*1 伊豆諸島的特產，將新鮮魚類浸泡過特殊發酵液後曝曬而成，味道強烈。

獅子取的嘴邊浮現無所畏懼的笑容。「先跟他商議吧。幫我問問看熱海先生的行程。」

3

出現在平時那家咖啡廳的熱海圭介像以往一樣，打扮得如每逢假日就會被拉去大型超市購物的爸爸。他穿著POLO衫搭露出膝蓋的休閒褲，頭髮梳成三七分。

一碰面，獅子取就大讚《擊鐵之詩》，甚至斷言這是一部在冷硬派小說的歷史上留名也不奇怪的作品。熱海一臉喜悅，同時顯得困惑。他大概不曾被這樣稱讚過。說起來，這根本是熱海第一次見到獅子取。

「所以，我們出版社想設法讓《擊鐵2》成爲暢銷書。」

「啊……是。」熱海一臉茫然，但還是點頭。

「不過按現在這個狀況下去是不行的。若想推銷出去，許多地方非改善不可。」

「你的意思是？」

「簡單來說呢，就是塑造形象。爲了讓讀者感興趣，需要有獨特的形象。」

聽到獅子取這句話，熱海露出無法領會的表情。

「你是說小說的角色形象很薄弱嗎？」

「不——不——不——」獅子取搖搖食指。「小說的登場人物維持原樣就行了。我說我希望您能塑造形象，指的是您自己的形象。」

「什麼？」嚇一跳的熱海向後一縮，「我嗎？」

「是的。這樣說有點失禮，不過您太平凡了。既然要寫那麼做作……獨特的冷硬派小說，您需要更強烈的個性。不對，嚴格來說，您非得讓讀者認爲您是擁有強烈個性的作家不可。首先，重要的是外表。這種作家寫出來的是什麼樣的小說呢，眞想讀一次看看——我們就以讓讀者這樣想的外型爲目標吧。」

但熱海無法理解。「就算你這麼說，我的外表也幾乎不會出現在讀者眼中。」

獅子取輕輕閉上眼，緩緩搖頭。

「那是之前，接下來就不一樣了。配合《擊鐵2》的出版，要麻煩您出現在各種媒體上。首先，預定要請您在我們出版社的所有雜誌接受採訪，而我們也正與廣播節目跟電視節目交涉。在那之前，無論如何都得請您確立一個會讓大眾大吃一驚的形象。」

熱海眨了幾次眼後，求助般地看向小堺。這也難怪。他筆下小說的登場人物荒謬離奇，他本人卻是極爲膽小的普通人。小堺從提包裡拿出一本檔案夾，放在熱海面前。

「其實我跟獅子取討論過，大致決定好熱海先生的形象要採取什麼方針。整理出來的就是這些。這份交給您，若您能在今後的訪問中保持這樣的形象，那就幫大忙了。」

熱海打開檔案夾。一瞥到內文，他的眼睛就睜得老大。

「爆炸頭？我嗎？」

「熱海先生，髮型很重要。」獅子取探出身子。「有時候女生不是換個髮型，看起來就會變可愛嗎？這是展現個性的捷徑，所以不可以維持會被誤認成別人的髮型。在這一點上，現在沒有用爆炸頭聞名的作家，這是個好機會。」

「就算你這麼說，我這頭短髮也不可能變爆炸頭吧。」熱海摸了摸自己的頭髮。

「我知道，所以暫時請用假髮應付。我會讓小堺準備。」

「已經下單了。」小堺馬上說。

熱海的眼神放空，視線回到檔案夾。「也要留鬍子嗎？」

「因爲這就是冷硬啊。」獅子取低頭懇求。「麻煩您了。」

「這張圖上面叼著菸，不過我不抽菸。」

「我聽說了，小堺告訴我的。所以那不是菸，而是禁菸菸斗。」

「戒菸菸斗？我明明不會吸菸啊？」

「就說你是出於興趣才抽的，這樣不是很好嗎？古怪一點會更有魅力。」

眼見熱海的臉色越來越慘白，小堺都難受起來。

「那個……這件紅色皮外套哪裡會賣？」

「我們已經找到了。服裝全由我們準備。」小堺說。

「豹紋窄管褲也是？」

「是的。」

「熱海先生只要留鬍子就行了。」獅子取說。「外型方面，我想這樣就完美了，剩下就是態度跟舉止。上頭對於遣詞用字有詳盡說明，請您參考。」

熱海不斷翻閱檔案夾裡的文件，說出「我做得到嗎」的怯弱話語。

「不要說『做得到嗎』，要說『我會去做』。熱海先生，你想暢銷吧？還是說，你想永遠當個初版作家嗎？」

熱海搖頭。「沒這回事。」

「對吧？那就一起努力。請您相信我們。」獅子取雙手在桌上一拍，說得鏗鏘有力。

4

「那麼首先，可以請問您為什麼會想寫這樣的故事呢？」

受到週刊雜誌的女性撰稿人詢問，熱海將戒菸菸斗送到嘴邊，以求讓心情平靜下來。

他按照指示，頭上戴著爆炸頭假髮。

「就算問我為什麼，我也難以回答。我只能說當時突然就靈光一閃了。我……大爺我至今為止所見所聞的經驗，忽然期望以小說的方式呈現出形體。嗯，大概就是這個緣故吧。」熱海念出為他準備好的劇本。當然，劇本是小堺跟獅子取討論後寫出來的。

「不過拜讀過您的作品後，我發現裡面會出現讓人完全不覺得會是事實的奇特設定，像是搭載機關槍的自家用直升機每晚都會到處列隊巡視，或是客機機長以前是黑道，隨身攜帶短刀，或是國會議事堂的地底下有祕密車站，武裝列車可以駛進所有的地下鐵路線等等。這些是從哪裡想出來的呢？」

「這些嘛，是我的原創。不過也並非完全是幻想。」

「咦，可是沒半點現實感……不對，感覺您描繪的是一個不同於現實的世界。」

「這是我有意為之。要是如實寫下我知道的事，在各方面都會造成麻煩。要是一個不好，說不定生命會受到威脅。以前不是有人爲了批判種族歧視，畫了以機器人爲主角的漫畫嗎？就像是那樣。」

「哦，是這樣啊。」帶著宛如看著奇異生物的表情。女性撰稿人含糊地點頭。

這是第三場採訪，接下來還有好幾場。當然，默不作聲是不會有任何邀約的。這是獅子取跟小堺動用門路，到處拜託所有媒體前來採訪的成效。

剛開始有點緊張的熱海似乎慢慢習慣受訪。語氣中的僵硬感逐漸消失。攝影師拍照時，他的表情變得從容。之所以鏡頭對準他時就馬上皺起眉頭，是出於獅子取的指示。

小堺的目光落到手邊的書上。封面畫著手槍與紅玫瑰，上頭放著《去問子彈與玫瑰吧～擊鐵之詩2》的標題。這在十天前出版，初版印量是熱海作品中最高的七千本。這是獅子取以「絕對會大賣」爲由說服行銷部門而得到的成果。

書腰上寫著警察小說的權威玉澤義正的推薦詞，內容如下：

我想爲讀完了這本書的自己舉杯慶祝——

玉澤老師想必吃了一番苦頭，小堺想。聽說他剛開始面露難色，但獅子取在六本木的大街上使出拿手的下跪絕活，終於得到他的應允。不愧是傳說中的編輯。

訪問與照片拍攝結束後，女性撰稿人與攝影師離開會議室。熱海放下戒菸菸斗，嘆出一口氣，接著將手伸向爆炸頭假髮。

「不行，還不能拿掉。之後還有簽名會。」

「啊，這樣啊。」熱海把手放下。

「而且和您說過，就算平時也不能在旁人前拿下。設定上這是您自己的頭髮。」
「啊，好……不過訪問還眞累人呢。」
「辛苦的還在後頭。不可以發牢騷哦，這是爲了把書賣出去。請您忍耐。」
「我明白，可是這形象眞的沒問題嗎？」熱海抓抓額頭。爆炸頭的髮梢扎得他很癢。
「讀者會對與自己不同種類的人抱有興趣，心懷嚮往。首先，讓大家關注怪人熱海圭介，再讓大家關心起這個人寫什麼小說。對於要怎麼讓人拿起熱海先生您的書，這是我們分析過去的案例得到的結論。請您相信我們。」
「我當然相信你們。」熱海垂下眼。雖然穿奇裝異服，他仍是平凡的小老百姓。
簽名會安排在東京都內的大型書店。當然，這是獅子取強硬談成。他使出大絕招，答應將原定下個月在別家書店舉行的玉澤義正簽名會改到這裡，作爲交換條件。他們來到書店辦公室，只見獅子取早跟店長一起待命。看到熱海的模樣，店長嚇一跳地睜大眼睛。
「今天的目標是這樣。」獅子取攤開右手五指。「五十本。別擔心，我安排好了。」
「您要動員社內手頭沒事的人嗎？」
「不只是這樣。嗳，你就等著看吧。」
不久，簽名會在書店一角開始後，不知道從哪冒出來的人排成一排隊伍。小堺鬆口氣，看來獅子取所言不假。熱海一心一意地簽名。字體有些潦草，不過這也是小堺他們傳授。這是請認識的書法家設計而成。
看到陸陸續續到來的客人組成，小堺完全明白了。很多是出版社內的人，但年輕女性的身影格外醒目。在那之中，幾個人是小堺也很熟悉的銀座或六本木的陪酒小姐。看來是獅子取到常光顧的幾家店找來的。除此之外，還有明顯性質不同的一群人。年齡層大概五十歲以上，散發出一種到東京觀光的老人旅遊團氣氛。其中一位老婦人對著熱海頻頻揮手。不知道是不是注意到，熱海皺起臉。

「那些人該不會是……」小堺小聲詢問一旁的獅子取。

獅子取舔舔嘴唇。「我聯絡了熱海先生的老家，告訴他們今天有簽名會，方便的話請出席。一如我的期待，他們似乎把一大家子親戚都帶來了。」

小堺只能在心中感嘆起眞不愧是獅子取，竟然連親戚都利用。

輪到那一家子親戚了。「喂，圭介，你這身打扮怎麼回事？」一個老人嚴厲地說。他看來是熱海的父親，兩人容貌神似。

「囉嗦，別管我。」熱海把簽名書還給他，這麼回答。

「我怎麼能不管。我可不記得這樣教過你——」

「好啦好啦，好啦好啦。」獅子取介入兩人之間。「今天非常感謝您遠道而來。我會請人在另一邊爲您準備茶水，請過來休息一下。」

「等一下，我還有話要跟我兒子說。」

「不不不，先別管先別管。」獅子取牢抓著他父親的肩，不知將他帶到哪。

雖然發生這樣的騷動，簽名會總算平安結束。目送熱海離開後，小堺跟獅子取一起走訪各書店。這當然是爲了確認《擊鐵之詩2》的銷路。他們並不是單純在門市看看就好，還要問店長或書店員工，也不能忘記拜託他們盡量將書擺在顯眼的位置。走訪完三間書店，他們進入咖啡廳。就座並喝了冰咖啡後，獅子取開始用手機。似乎是在收信。

「可惡，今天還是不行嗎？」望著螢幕，獅子取說。

「銷售量沒有起色嗎？」

「對，跟昨天一樣。難道今早的登報廣告沒有效果？」

「不過篇幅很小，而且最近不看報紙的人很多。」

「要是能在廣告上花更多錢就好了。」獅子取愁眉苦臉地撓頭。

很遺憾，走訪書店得到的反應並不理想，而且書店店員似乎還覺得賣不好是理所當然。甚至有店員問：「爲什麼灸英社要力推這樣的書？」

「一定有哪個地方還有更多會對那本小說著迷的人。可惡，究竟在哪裡啊！到底藏在什麼鬼地方！」不用吸管，直接大口喝下冰咖啡後，獅子取煩躁地說。

「從下禮拜開始，採訪報導應該會陸續刊出，這樣一來應該會有什麼改變吧。」

「是啊，讓熱海先生上廣播節目受訪的事也談妥了，勝負才要開始。」獅子取像是要帶給自己勇氣一般點著頭說。

5

熱海圭介的新作《去問子彈與玫瑰吧～擊鐵之詩2》發售至今將近一個月。小堺等人的部門氣氛黯淡。理由無他，就是《去問子彈》銷售量不佳。不用說，根本沒再刷。

這幾天獅子取一直在自己的座位上苦思，他說他完全不明白究竟哪裡做得不好。

「照理說很完美才對。沒辦法花大錢，所以花了一番工夫來彌補。上至熱愛閱讀的愛書人，下至偶爾看書、甚至討厭到只對藝人出的書感興趣的人，明明已經將訊息送給所有人了，爲什麼沒反應？會迷上那本書的人爲什麼不去書店？」

即便聽到小堺「難道不是因爲這樣的人到頭來根本不存在嗎」的意見，獅子取仍斷言不可能。「不可能不存在，一定存在某處。我這個人的直覺至今爲止一次都不曾出錯，肯定哪裡不對勁。」他說完後握緊拳頭。

今天獅子取同樣面向窗戶望著外頭，不，他恐怕沒在看任何東西。他想必滿腦子都是《去問子彈》的事情。這時，小堺的手機響了，是熱海圭介打來的。他說有重要的事想談，希望見一面。他們決定在平時那家咖啡廳碰頭。

走進店裡，他嚇了一跳。不是因爲熱海先到了，而是因爲他沒有頂著爆炸頭。

「這樣不行啦，您的爆炸頭呢？」小堺一就座就這麼問。

熱海緩緩搖頭。「我想談的就是這件事。其實，我不想再戴爆炸頭假髮了，希望你們答應。不對，不只是爆炸頭，紅色皮外套、豹紋窄管褲跟戒菸菸斗也一樣。」

「怎麼了嗎？」

「因爲——」熱海有些怨恨地看著他。「到頭來還是沒效果不是嗎？書根本賣不出去不是嗎？我很感謝你們做這麼多，不過請別再要我塑造形象了。我也被老家父母埋怨。」

「……這樣啊。」

「剛才我去過書店，但已經沒有擺我的書了。」

總不能應聲說「我想也是」，小堺保持沉默。

「爲什麼呢？」熱海帶著嘆息地說。「爲什麼大家都沒留意到那本小說的好呢？」

因爲那是臭魚乾啊。雖然想這麼說，小堺還是選擇閉口不言。

6

一個高中女生在書店的書櫃前陷入猶豫。該買下總算找到的那本書嗎？九百圓是筆不小的支出，但若不在這裡買下，誰知道下次什麼時候才找得到。也不能在網路上訂購。要是她不在家時到貨，父母八成會擅自拆封。

她是在刊登於一本雜誌上的訪談中得知這本書的。受訪者是名爲熱海圭介的作家。讀完訪談，她覺得他跟自己是同類人。硬撐著活下去。把自己僞裝起來，度過每一天。他的外表正敘述著這一切。其實他應該不想燙爆炸頭才對。他肯定根本不想穿紅皮衣外套，也很想扔掉豹紋長褲跟戒菸菸斗。

但他做不到。這是因爲不想暴露出眞正的自己。因爲他害怕這麼做。

根據報導，這個作家寫的似乎是「宛如把邪惡、暴力與人類的本性在異世界中混合重組的作品」。她想讀讀看，但不是覺得故事好像很有趣，而是想知道僞裝起自己活下去的作家寫出什麼樣的作品。

於是她買了那位作家的出道作《擊鐵之詩》讀讀看。

她馬上就入迷了，驚訝地想著原來有這樣的小說。

一切都如她想像，書中描繪的是荒誕無稽的世界。有壞人出場，但跟現實中的壞人不同，犯罪也不是眞正的犯罪。此外還有正義夥伴出現，就是那個在現實世界中不存在任何地方的正義夥伴。但就是因爲這樣，讀起來可以嘗到一種解放感。她在小說中尋求的不是緊張刺激或小鹿亂撞的感受，而是徹底的安心感，心靈受到解放的感觸。

她覺得就因爲是那個人，才寫得出這樣的小說。

正因爲隱藏起眞正的自己，那份壓力才會發洩在作品中。

高中女生一晚就讀完《擊鐵之詩》。她當然想看《去問子彈與玫瑰吧～擊鐵之詩2》。然而找不到。放學路上她去好幾家書店，卻沒一家陣列出來。雖然詢問書店店員就行了，但高中女生沒有這麼做的勇氣。她不想讓別人知道自己會看這種書。其實她連到櫃台結帳都不喜歡，但要是逃避這個行爲就沒辦法買書。

不過她今天在碰巧路過的書店找到了，她甚至覺得宛如命運的邂逅。她下定決心後拿起書，低垂著頭到收銀臺，放到櫃檯上付完錢就離開。就在此時，她聽見店員在後方說話。

「眞神祕，《擊鐵2》又賣出一本。這是今天第二本了。」

「眞的嗎？其他店的銷量好像也是大約從前天開始出現成長。」

「這樣啊。很好，熱潮要來了。喂，快訂熱海圭介的書！」店內響起朝氣十足的聲音。

職業，小說家

1

晚餐後，他們聽到女兒元子說希望他們見一個人，下次想帶對方回家。正在用牙籤剔牙的須和光男吃了一驚，牙籤尖端差點刺進牙齦。他做好覺悟，心想該來的時刻總算來了。但他不想讓人察覺他的慌亂。他將茶碗拿近，刻意慢慢啜飲熱茶。

「哦。」他發出一副漠不關心的聲音。「妳說的當然是個男人吧。」

女兒點頭說是。光男再次「哦」了聲。妻子邦子在廚房洗碗盤。說不定她事前就從元子口中聽過今晚要提起這件事。妻子跟女兒一直以來都會在所有場面下連成一氣。

「是什麼樣的人？」光男問。他小心不要用到粗魯的語氣。

「他啊，」元子舔舔嘴唇說，「是哥哥的高中同學。」

「秀之的同學？為什麼元子會跟秀之的朋友交往？」光男提出單純的疑問。比元子大五歲的秀之早因就職而搬出去了。

「這個嘛，有很多原因……說明起來很長，不過簡單來說，因為我曾經跟哥哥還有他三個人一起去喝酒，這算是契機吧。」她說得有些含糊，似乎對於向父親詳細敘述與男朋友的相識感到抗拒。

但光男稍微放心些。若是兒子的朋友，在某種程度上應該可以信任。

「他在哪家公司工作？」光男問。這是為人父母最關心的事。不是一流企業也沒關係，但希望他在安定的公司工作，這樣比較讓人安心。

然而元子口中說出的，是光男一下子無法理解的答案。
「他不是公司職員，是爬格子的。」
「扒閣子？」他訝異地想，這什麼東西啊，他連漢字是什麼都想不出來。
「說明白點就是作家，寫小說的。所以說是小說家才最正確吧。」
「小、小說家？」他不禁張大嘴。這是他想像不到的答案。
元子拿出一本書。封面圖相當華麗，書名是《虛無僧偵探佐飛》。完全不懂是什麼。
「這是他的出道作。他得過灸英社新人獎，是現在最受矚目的新世代作家。」元子兩眼放光，充滿自信地說。「這個唐傘散華是他的筆名。很有意思吧？他稱作時下本格不按牌理推理的第一人——」她開始熱烈說明男朋友在業界中多麼活躍。
但這些話一半都沒進入光男耳中。聽到是小說家的瞬間，他腦中就混亂起來。
他知道世間有這樣的職業，排列在書店中的眾多小說就是不知身在何處的那些人寫的吧。有出版社在販賣這些書，或許有獲利。但對光男來說，這是另一個世界的事。他一直覺得那裡跟自己的所在地並不毗鄰，當然不會跟那裡的人扯上關係。
說完想說的話後，元子說了句「就是這樣，麻煩你們了」，然後回到自己的房間。光男幾乎什麼都沒能問得出口，因爲他連問題本身都想不到。
從廚房回來的邦子向他詳細述說元子跟那個男人——只野六郎的相遇。開端似乎是元子讀了只野的出道作，深受感動而寫信給他，最後決定加上秀之三人一起見面。看來邦子相當久前就知道詳情了。

「爲什麼沒更早告訴我？」光男把不滿發洩在邦子身上。
「因爲元子說要自己講。」
光男「嘖」一聲。「到底想怎麼樣啊。」
「『想怎麼樣』是什麼意思？」妻子悠哉的語氣讓光男煩躁起來。
「我說對方那個男人。他覺得從事小說家這種隨隨便便的工作就夠了嗎？」
「小說家不是隨隨便便的工作吧？」
光男用力抓頭。「能靠這個工作吃飽嗎？能養家活口嗎？能嗎？」
「你問我，我也……」
「這很重要……受不了，爲什麼偏偏要選那種男人。」
「那你剛才爲什麼不對元子這麼說？」
「那是因爲……我以爲妳會問些問題。」
他說不出其實是因爲當時他茫然若失，腦中一片空白。
「元子不是傻瓜，她認爲對方是好人才選他。多信任自己的女兒一點如何？」邦子說。她說得很有道理，但反而觸怒光男。
「囉嗦，不是這個問題！」粗暴地扔下這句話後，他起身離席。

2

對光男來說，無法靜下心的日子開始了。他在纖維公司上班，然而由於擔心元子，他現在根本無心工作。

職業，小說家——

那是什麼工作？老實說光男不太清楚。上班族就不用說了，若是一般自營商，他有自信判斷出做爲一個有工作的人，那個人擁有什麼程度的安定性；但這次的狀況下，他的經驗跟知識完全派不上用場。說到書，他頂多讀過商業書或實用書。如果要他舉出知道的小說家，他勉強說得出芥川龍之介跟夏目漱石的名字，但這不表示他好好讀過。

他午休時仍出神地想著這件事。突然間，在一段距離外的座位上，一位女性員工讀著文庫本的身影映入眼簾。光男想起她提過自己喜歡讀書。

「妳總是在看書呢。」他走過去跟她說話。「那是小說？」

女員工抬起混雜著驚訝、困惑與緊張的臉。大概是因爲很少像現在這樣，在午休被上司主動搭話吧。光男的頭銜是部長。她小聲答是。

「這樣啊。是什麼樣的小說？」

女性員工頓了一拍，接著回答：「是純文學。」

這個回答讓光男心中滿是不安。純文學——他時有耳聞，但不明白什麼意思。

他將一旁的椅子拉過來坐下。「關於小說，可以跟妳聊一下嗎？」

「好的。」女員工將書闔起來放下。她的眼裡依舊帶著困惑之色。

「你知道唐傘散華這個作家嗎？」

「唐傘？……沒聽過。」她偏過頭。「請問這個作者寫的是什麼小說？」

「我不清楚。不過我親戚的孩子似乎是這個作家的書迷。」

「是不是娛樂方面的？」

「娛樂？」

「就是娛樂小說類，像推理、恐怖或輕小說之類的。」

完全有聽沒有懂。他頭痛起來。「那麼多種類嗎？」

「有的，尤其娛樂小說的種類特別多。」

「這表示作家也很多吧。」

「當然。」她大大點頭。「我讀了相當多，但還有無數不認識的作家。況且現在誰都能輕易出道。」

「誰都能？怎麼可能。」

「不，這是眞的。」女員工帶著充滿自信的表情斷言。「說誰都能是誇張了些，不過我想不是那麼難，畢竟新人獎多得跟什麼似的。」

聽到新人獎，光男探出身子。「那麼多啊？」

「是啊。」她挺直背脊。「把有名的獎到沒聽過的獎都包含在內，大概一百個以上。」

「這麼多！」光男瞪大眼睛。

「如果是能出書和出道的獎，我想應該有五十幾個。啊，不過有時候就算是佳作也有人願意讓作者出道，藉由新人獎這個契機出道的人數還是有一百多個吧。」女員工環抱著胳膊嘀嘀咕咕。

光男開始把她視爲小說的權威了。至少對現在的他來說，她就是老師。

「這就是說，新人獎從最好到最差的都有？」

「當然。有的獎是獲獎之後必定暢銷，也有的獎是即便獲獎也接不到任何工作。」

光男的心情黯淡下來。元子的男朋友得到哪個類型的獎呢？

「部長，您爲什麼要問這種事呢？」

「啊，沒有，那個……」他清清嗓子。「我聽說剛才提過的親戚孩子想當作家。話是這麼說，那孩子其實才國中。」

「哦，原來如此。國中生那個年紀或許就是有這種想法呢，我以前也稍微想過。」

「啊，這樣啊。」

「如果是國中生，有那種夢想也沒什麼不好。不過如果是大學生可就不好笑了。」

「咦，是嗎？」

「那當然。即便出道也做不久，這就是小說家的世界。光寫小說就能維持生計的作家只有寥寥數人，聽說大部分作家都另有正職。現在是出版寒冬，而且閱讀率持續下降，就未來性這一點而言，我想這是相當辛苦的職業。」

女員工的話語宛如一把粗大的刀，重重刺進光男胸膛。

3

天氣晴朗的星期日午後，只野六郎來到須和家。他的裝扮是深藍色西裝加領帶，讓光男暫且放下心。他本來還不安地想，要是對方穿著常識無法想像的服裝現身怎麼辦。只野以立正姿勢禮貌周到地低下頭說「我是只野六郎」的舉止也讓人抱有好感。

他們隔著餐桌面對面坐下。元子坐在只野旁邊。邦子端出紅茶後，馬上走到廚房裡，所以不得不由光男主要帶話題。閒聊一會後，他問起只野的雙親。

「我父母住在神奈川的厚木。家父是上班族，不過在前年退休，現在是在玩務農家家酒。」只野答得流暢。

「哦，你父親以前是公司職員啊。」他想，看來有話可聊了。「是什麼公司？」

「是廣告代理商。不過是一間很小的公司就是了。」

光男失望地想，那種啊。同樣是公司職員，卻是不同類型。話題難以進行。邦子在切水果，但比平常花更多時間。事實上，昨晚光男打電話給秀之，希望他到場，卻被毫不客氣地拒絕了，理由是哥哥何必在場。

「只野是好人，跟他談過你就會明白了。」秀之只說這句話就掛上電話。

光男拿起茶杯，但杯中已空。

「爸爸，」元子開口，「你不是有事想問六郎先生嗎？」

「不，我沒什麼想問……」他在手裡把玩著空茶杯。

「請您儘管問，不要客氣。」只野用眞摯的眼神看他。

光男垂下視線，放下茶杯，輕吐一口氣。「聽說你寫小說。」他再度看向只野。

「是的。」女兒的男朋友沒別開目光，直視著他回答。他的聲音強而有力。

「成爲小說家前，你的工作是什麼？」
「是程式設計師，電腦方面的。」
「那份工作已經……」
「辭掉了。因爲很難兩邊兼顧。」
我倒希望你能兩邊兼顧啊。光男呑回這樣的眞心話。
「你爲什麼會想成爲小說家？」
只野微微歪過頭。「不知不覺……就變這樣了。」
「啊？」
「不知道什麼時候開始的，但當我注意到時，我就開始想寫小說了。所以我嘗試動筆投稿新人獎，結果得了獎。人生眞是難以預測。」只野爽朗一笑。看著這個表情，光男覺得這個人應該不是壞人。
邦子總算端著放盤子的托盤走過來。盤子上盛著水果。「我拜讀過只野先生的小說了。《虛無僧偵探佐飛》很有趣。」一面把水果分給所有人，邦子說。
「你之前都沒發現結尾的手腳吧？」元子應聲。
「完全沒發現，我在最後的最後嚇一大跳。」邦子按住自己的胸口。
演那什麼爛戲啊，光男在肚子裡暗罵。邦子讀了只野的作品是事實，但她那時抱怨「根本看不懂」。可是光男沒資格諷刺妻子，因爲他自己讀幾頁就放棄了。他打從第一行就無法理解。

其實爲了今天，光男到處觀察好幾間大書店，確認唐傘散華是什麼等級的作家。所有書店都只有出道作《虛無僧偵探佐飛》的文庫本。除此之外，幾家書店的書櫃上有三個月前出的單行本。但把它擺在平放陳列處的店一間也沒有。這個狀況讓他感到更加不安。店裡沒鋪貨，當然就表示沒賣出去的機會。這不就等於賺不到錢，收入爲零嗎？

但並非只有壞消息。光男爲了尋找唐傘散華的書而詢問過書店店員，意外是一半以上的人知道這個名字，順利將他領到《虛無僧偵探佐飛》的文庫本陳列位置。

於是他問：「這個人的書賣得好嗎？」

無論哪家店的書店店員反應都很相似。「《虛無僧偵探佐飛》還算暢銷，不過之後一直在苦戰。他擁有歷來作家所沒有的魅力，讀過就會覺得有趣，但有點小眾。不過我覺得他確實有才能。他在業界頗受矚目，總有一天或許會大賣吧。」

每個人都說著類似「小眾」、「受核心讀者歡迎」之類的話，但沒人全面否定他。至少他的才能受到書店店員的肯定。光男滿心苦惱。雖有才能，現在還不暢銷——如何評價這樣的現象才好？他忍不住覺得反過來就好了。若是沒才能但作品大賣，這樣姑且還能安心。

倏然回神時，邦子正在問只野各種問題，像喜歡吃肉還是魚，盡是這類無聊提問。他火大起來，心想著「快問點更重要的問題」。

「對了，唐傘散華眞是有趣的筆名。有什麼由來嗎？」

她又問起這種無關緊要的事。光男抖了抖腿。

「我的小說是以詭計爲生命線，所以我想把機關這個詞放入名字裡。查了很多資料後，我得知唐傘以前稱作機關傘，決定稍作改動後將唐傘當作名字。」
「哦，那散華呢？」
「那是我對讀者的心情（*1），因爲我會以機關、詭計欺騙他們。」
「啊，是這樣啊。」
「不好意思，只野，」光男急躁起來，插嘴道，「對於你當一個小說家，你的父母有什麼意見？」
「他們理所當然給我支持。」
竟然說是理所當然嗎？他滿心失望。爲什麼不教他找個普通一點的工作？
「你有沒有讓他們擔心呢，像是那個，在收入的問題上？」
光男的眼角餘光看到元子臉色一沉。之後八成會被她埋怨，不過這也沒辦法。
「我想他們會擔心，我也被問過需不需要給我生活費。」
「那麼對於生活費的提議，你該不會……」
「我拒絕了。」只野笑著回答。「如果要跟家裡要生活費，還不如找其他工作。」
你就這麼做啊，現在馬上去找其他工作——這句話堵在喉頭沒說出來。
「須和先生。」只野忽然一臉認眞，挺直背脊。他眼裡蘊含著認眞的光芒。「今後我打算一年內最少出兩本單行本。我的書大致上一本一千八百圓，我的抽成是一成，也就是

*1 「散華」的日文發音是zange，音同「懺悔」。

一百八十圓。問題在於印量，現在還只有七千本左右，一百八十圓乘上七千就是一百二十六萬圓。一年有兩本，所以兩倍的兩百五十二萬圓就是我一年內透過單行本賺到的所得。要是銷售量下滑，收入會隨之減少，但我會努力避免這種事發生。」

光男愣愣地注視說得毫無停滯的只野嘴邊。他想說些什麼，卻找不到話語。

「但收入不只這些。像我們這種新人作家，雜誌稿費跟書的版稅同等重要。稿費會用四百字稿紙的張數計算，以我來說，一張大約四千圓。」

「這是灸英社的情況吧，不是也有出版社願意給五千圓嗎？印量也一樣，也有願意一刷印八千本的出版社。」元子在一旁說。

「現在我在談的是最低水平，因爲伯父想知道我最少能賺到多少。」只野冷靜地說。

光男小聲乾咳，他正中紅心。只野的視線回到光男身上。

「目前爲止的實際成績來說，我至今一直以每三個月一篇的步調寫出六十張左右的短篇小說。一年來算就是兩百四十張，乘上稿費四千圓就是九十六萬圓。再加上剛才說的單行本版稅兩百五十二萬圓，合計三百四十八萬圓，這就是我現在的年收入。當然，這裡頭還要扣掉應繳稅額，實際收入會更低。」

他說得滔滔不絕，光男猜想他恐怕事前計算過，先把數字背起來才過來。他擁有眞誠的爲人，元子或許受到這一點吸引。

「須和先生。」只野再次呼喚他。「以上就是我的經濟能力。不過這終究是現在這個時間點的狀況，我打算從這裡繼續往上爬。所以──」他下顎一收，繼續說，「不知道您是否能答應我跟元子小姐以結婚爲前提交往？」
突如其來的直拳。好像實際吃一記似地，光男暈眩了一下。
「不、這個、那個……」他吞吞吐吐起來，說不出話。
「爸爸，拜託你。」元子說。
「有什麼不好呢，對不對？」邦子樂天地尋求他的同意。
「嗯、呃、這個，我沒反對的意思。」他的聲音顫抖。「總而言之，你們要兩個人一起好好想想。」他勉強擠出這句話。

4

「小說家？叫什麼名字？」朋友大原睜大細小的眼睛。他跟光男同期進入公司，現在時常兩人一起喝酒。
「不，我就算說了你也不認識。」
「有什麼關係，就說說看啊。別看我這樣，我可是讀了很多時代小說等等的書。」
「是哦。嗯……他叫唐傘散華。」
「堂散？誰啊，沒聽過。」
「看吧，我就說嘛。」
大原喝乾剩下的生啤酒，舉起手來。「喂——小姐，這邊再加一杯啤酒——須和，這不太妙哦。會不會自稱小說家其實是無業遊民的那種狀況？」

「不，他得過新人獎，算是實際出過幾本書，好像有收入。」
「大概多少？」
「這……我不清楚，不過似乎能餬口。」他說不出只有三百萬左右。
「這不行，小說家不是最不安定的職業嗎？就算現在有收入，誰知道今後會怎麼樣。要是不再有銷路就完蛋了。」
「是啊……」
大原毫無顧慮地指出光男掛心的事。原本邀他是期待他會鼓勵自己，結果完全相反。不過他覺得，假如自己處在相反的立場，應該會說同樣的話。
距離元子把只野六郎帶回家，過將近一個月。這段期間，光男的心情依舊低落。光是女兒被其他男人搶走就夠難受了，男方還是小說家，是光男看來根本毫無依靠的職業。
而且前幾天元子說出荒唐話：她決定當只野的助手兼祕書，要辭掉工作。光男當然反對。他剛好在想，假如兩人無論如何都要結婚，那麼暫時只能要求他們夫妻都要工作。
「作家在寫作之外，還有許多非做不可的事，像管理行程、收集資料、計算稅額等等。我不希望本來就很忙的六郎把時間花在這方面，我想要他專心寫作。」
「明明那麼忙，年收入卻只有三百萬啊。」雖然覺得不能說，他還是說出這句話。不出所料，元子揚起眼梢。「就是希望收入增加一些，我才決定要幫忙。」
「妳說什麼啊。對方還是菜鳥，卻連妳都沒了工作，這要怎麼生活？」
「他才不是菜鳥！而且不用你擔心，我不會給爸爸添麻煩！」元子眼中泛淚，拉高嗓音反駁。從小就很頑固的她即便在這時也不會退讓。她一如宣言在隔天就遞出辭呈。

「如果是我，就會想辦法讓他們分手。這是父親的責任。」大原用受到酒精影響而變得有些口齒不清的口吻說。

光男含糊點頭的同時，在心中反駁「哪那麼簡單」，事不關己才說得出這種話。

5

聽到邦子的話，光男停下筷子。今晚的餐桌上同樣只有兩人。元子去只野那邊，回家的時候大概都過九點。「天川……什麼東西？」

邦子拿起放在一旁的厚厚雜誌，正確來說似乎叫小說雜誌。封面寫著《小說灸英》。光男最近才知道有這種書。

「就是這個。」邦子翻開小說雜誌的其中一頁，上頭寫著如下文字：

第一屆天川井太郎獎入圍名單公布——

「聽說是新設立的文學獎，只野先生的作品選爲入圍作嘍。當事人似乎更早之前就被通知了，不過在正式發表前好像必須保密。」

光男把小說雜誌拿過來。入圍作中，確實有「《磚瓦街諜報戰術奇姆科》　唐傘散華」這行字。

「如果得獎會怎樣？大賣嗎？」

「元子說應該會造成一定的話題，因爲這是第一屆，灸英社想必會大力宣傳。」

「結果什麼時候出爐？」

「這禮拜五。」

光男「哼」一聲。他知道的文學獎只有直本獎。

辭掉工作後，元子明顯在躲避光男。大概覺得只要面對面，就會被他抱怨東抱怨西。所以關於只野的工作，光男除了邦子偶爾告訴他的事情以外什麼都不清楚。

「不過元子這麼晚還不回來。都到這個時間了，她到底在做什麼？」

「聽她說是在做只野先生的宵夜。」

「宵夜？他是夜貓子嗎？」

邦子搖頭。「據元子所說，他早上開始工作。不過他規定一天平均寫多少張稿子，不完成就不會去睡。他在滿意爲止會重寫好幾次，結束工作的時間好像總會拖到半夜。」

「哦。」他想，這果然是很辛苦的工作。然而年薪只有三百多萬啊。

晚上十點多，元子回來了。光男在客廳看電視，但她沒走進來，直接從玄關走向自己的房間。隔天午休，光男走到以前向他講述小說知識的女員工身邊。她今天同樣在看書。

「天川井太郎獎嗎？我沒聽過。」女員工說得乾脆。

「似乎是新成立的獎。」

「啊，我好像聽過這樣的消息。獎項可是非常多哦，只要去書店，就會看到一堆書腰上寫著得某某獎的書。」

「這樣啊？」他的聲音無意間消沉下來。

「那個獎怎麼了嗎？」

「不，沒什麼。」

光男準備轉身離去。「對了，」女員工說，「您以前提過唐傘散華吧？」

「……那個人怎麼了嗎？」

「我前陣子讀了他的書。那時還沒聽過他，不過現在他在各處都蔚爲話題。」

「咦，眞的嗎？」

女員工點頭。「最近出的《磚瓦街諜報戰術奇姆科》非常有意思。我不太看娛樂小說，不過這本書讓我很滿足，下次我想讀讀看其他作品。」

「哦，這樣啊。謝謝，很有參考價値。」

回到座位上時，光男發現心情輕鬆了點。從元子向他介紹只野以來，他第一次有這種感覺。下班回家的路上，他順路去書店，很快找到《磚瓦街諜報戰術奇姆科》。這部作品還放在平放的陳列架上。看來這本書眞的造成話題。

電車上有座位，他馬上坐下來翻開書看。《虛無僧偵探佐飛》沒幾頁就讓他碰到挫折，這次會如何呢？他抱著不安的想法開始讀。他立刻感到意外。不知道該說是作品風格，或該說是小說氣氛改變了，連續讀下去這件事一點都不痛苦。不，何止如此，翻頁的手根本停不下來。

回過神時，他早沉迷其中，差點坐過站。光男出車站驗票口回家的同時，心想著眞期待明天搭電車上班的時刻。在家裡沒辦法讀。他不想被邦子跟元子看到那樣的場面。

6

結果光男三天就看完《磚瓦街諜報戰術奇姆科》。他只能在午休跟下班的電車上看，在早晨通勤的擁擠人潮中無法攤開單行本。讀完時，他陷入輕微的亢奮狀態。討厭看書的自己完整讀完一本小說，這確實帶來成就感；然而比這更讓他熱血沸騰的是作品本身很有趣，這點無庸置疑。

那個男人竟寫得出這樣的小說——

當然，他自覺在小說方面自己完全是外行人；但他知道《磚瓦街諜報戰術奇姆科》是充滿魅力的作品。那些書店店員說得對，唐傘散華擁有才能。而且不只這樣，他嚴以律己，有著絕不妥協的強悍之處。

那天晚上，他邀大原喝一杯。他們去平時那家居酒屋。喝幾杯生啤酒後，大原問：「現在怎樣？」好奇心在他臉上表露無遺。「我說你女兒的男朋友。你讓他們分手了嗎？」

當光男搖頭說不，大原皺起眉頭。「之後都過幾個月了？拖太久不好。」

「可是他好像有才能。」

「才能？哼，那種東西哪靠得住。如果有才能就能成功，這個世界上就會有一大堆諾貝爾獎得獎人跟金牌得主。就連梵谷活著的時候，賣出去的畫也只有一張。」

大原有點醉，不過話依舊嚴厲正確，讓光男不得不同意：「你說得沒錯。」

「那個男人究竟在寫什麼樣的小說？須和，你看過嗎？」

「看過，其實我今天剛看完。」光男從提包裡拿出書。「這本相當有趣。」
「嗯，《磚瓦街諜報戰術奇姆科》啊。好奇怪的書名。」
「這個奇姆科其實有深刻的意涵。」
「是哦。」大原似乎不感興趣。
此時，說著「哦，那本書我也看過」的聲音響起。回頭一看，吧檯座位上有個約與光男同齡的男人俯視著他。
「啊，眞的嗎？」
「嗯，這本很有趣。在我今年看過的書裡是第一名。」
他差點忍不住道謝。
「不過一千八百圓眞貴。你那本是在書店買的嗎？」
「是啊。」
男人訝異地張大嘴巴。「那種東西虧你買得下去，眞不曉得你在想什麼。」
「你不是用買的嗎？」
男人大幅搖手。
「怎麼可能買，太浪費了。我啊，如果有想看的書，一直都是從圖書館借的。」
「圖書館……是嗎？」
「對，你以後這麼做就行了。不過是小說，白癡才在那種東西上花錢。」
「白癡？」他感覺自己的臉頰一陣痙攣。

「不過受歡迎的書要等很久才輪得到，誇張的時候我也等過將近半年。圖書館也眞小氣，受歡迎的書就多進幾本嘛。」

「即使如此，你還是要等嗎？你不會想快點讀到嗎？」

「當然想啊，這時就要去二手書店。無論什麼新書，只要過一個禮拜就會大量出現在二手書店。買來讀完後就再賣到二手書店。不至於免費，不過會便宜很多。」

「但這樣出書的那方一毛錢都拿不到，例如說出版社跟作家。」

「啊？」那個男人露出迷茫的表情。「那又怎樣？關我什麼事。」

「可是大家都像你這麼做的話，就沒人能靠小說營生了。」

男人「哼」一聲。「所以呢？不爽就別當小說家啊。而且那些人辛苦一點也沒什麼，輕輕鬆鬆寫點喜歡的東西就拿得到錢，這才叫厚臉皮。」

「輕輕鬆鬆寫點喜歡的東西？」光男站起來。「你再說一次試試看。」

「幹麼，有意見嗎？」男人瞪回來。

「你明明不懂小說家多麼辛苦，不要亂說話！」

「你又知道嗎？」

「知道得比你清楚。」

「多清楚，你說說看啊。」

「他們都傾注了心血寫出每部作品。」

「哼，什麼鬼。誰管他們啊，這跟我無關。」男人轉向一旁，抓抓脖子。「跟白癡打交道也沒用。」

光男腦中有什麼斷線了。他拿起啤酒杯，朝男人臉上潑出啤酒。

「你搞屁啊！」男人的拳頭揍了過來。

7

光男離開警察局是在十點多。被狠狠斥責一番後，他請邦子來接他。

「年紀也不小了，做這什麼傻事呀？」這是邦子的第一句話。

「抱歉。」他如此回答。他也覺得做了十分膚淺的事。

距離上次打架事隔多少年了呢？他回顧起過往。上次揍人要追溯到高中，被揍則要追溯到大學的時候。指根很疼，半張臉都僵硬了。他心不在焉地想，明早會腫起來吧。

但回家的計程車上，邦子沒說任何責備的話，只出言對他臉上的傷表示擔心。她或許已經聽警察說過打架原因。回家後，他馬上換好衣服鑽進被窩。元子還沒回來。

邦子幫他拿來浸過冰水後擰乾的毛巾，他躺著冰敷被揍的部位。沒多久，樓下傳來聲響。似乎是元子回來了。他思考如何隱瞞臉上的傷。他本想明天碰到面之前離開家門，但馬上注意到明天是週六，不用上班。

等等，這麼說今晚是週五。今天是不是有什麼事——就在他思考這件事時，他聽到上樓的腳步聲。他想大概是元子要回自己的房間，但門突然開了。

光男不小心發出「喔」的一聲。

「爸爸……你還好嗎？」站在入口，元子帶著擔憂的表情問。

「嗯，沒什麼。」他依舊把毛巾敷在臉上，如此回答。

「可是看起來實在不像沒什麼。」

「我沒事。」

「是嗎？不過我嚇了一跳。爸爸竟然會打架。」

「妳聽你媽說了嗎？」

「對。」元子點頭。「也聽說了打架的原因。」

「這樣啊……啊，對了，今天不是有那個嗎，就是公布天川井太郎獎的得獎人。」

「有啊。」元子輕輕吸一口氣。「落選了。」

「啊，這樣啊。眞可惜。」他小心不要讓聲音帶有失望的色彩。

元子搖頭。「完全不可惜，他跟我都一點也不沮喪。目標在更高處。今晚我們沒有開落選慰勞會，兩個人一起討論接下來要寫什麼作品。」

光男點頭。「這樣啊。」

「那麼，晚安。」

「嗯。啊，元子。」他叫住她。看著回過頭的女兒，他靜靜地說：「加油。妳要好好做爲他的支柱。」

元子的胸口大大地上下起伏後，應一聲就離去了。

光男注視著天花板，吐出一口氣。他想，再挑戰一次《虛無僧偵探佐飛》看看吧。

解說　王建閔

笑能有多歪？

東野圭吾最令我激賞之處，在於他操弄「笑」的能力。

對我而言，引發讀者的諸多情緒中，「笑」最爲困難。若是其他情緒如「淚」或「怒」，大抵不離人生八苦，或是五善十惡，創作者很容易摸索出一條路，然而「如何引人發笑」這樣的課題卻隨民族性而異，即使在同一族群，也是人人有別。簡言之，每個人「笑點」不同，也因此標榜幽默或搞笑的小說，受青睞程度在個體間也有不小的差異。

從《名偵探的守則》、《超．殺人事件》到《〇笑小說》系列，東野在搞笑一環多是走「諧擬」（parody）路線，即以逗趣或誇張的方式，模仿實際存在的客體，達到戲謔效果。

這樣的寫法有其難度，除了模仿行爲本身有趣，被模仿對象若因此遭矮化成爲弱勢，則作者不免有「缺乏厚道」之嫌。如何確保讀者心中的界線，在即將越界邊緣卻不超出線外，是此類作品的重要課題。東野一路走來，在這方面儘管偶有失控，大多能處理得很好，讓讀者們（包括我）個個笑開懷。

但這本《歪笑小說》我卻笑不出來。

或許不該這麼說。事實上本書十二篇故事都很有趣，閱讀過程中我也牽動了嘴角，但沒多久左右的上揚角度開始不對襯，形成書名所說的「歪笑」。我笑歪了嘴，但「歪」的理由不是因爲內容很爆笑，而是……對身爲寫作者的我而言過於血淋淋，甚至開始「皮皮剉」。

說得嚴重點，本書對一般讀者來說是幽默小說，對作家或出版業者而言——這幽默是黑色的——是驚悚小說吧？

小說界爆料大全

還記得前一作《黑笑小說》首四篇〈另一種助跑〉、〈線香花火〉、〈過去的人〉與〈決選會議〉嗎？以虛構的出版社灸英社爲主軸，敘述文學獎、頒獎典禮對於作家造成的心態影響。是嚴重打擊還是得意忘形？作者將這些內心的醜態描寫得淋漓盡致，令讀者欲罷不能（我看了冷汗直流），要求他繼續寫下去。

於是東野回應讀者要求，延續原本的人物設定，不僅是灸英社，編輯小堺、新人作家熱海圭介與唐傘散華，過氣作家寒川心五郎都再度登場。作者加寫了十二篇，完成這部短篇集。

如同大多數讀者閱讀〈另一種助跑〉時，會立刻想到東野多次入圍直木獎卻鎩羽而歸的往事，《歪笑》的十二篇也大多是作者根據自身經驗撰寫，大爆小說界的料，自然篇篇致命（作家與出版社的命），讀來大呼過癮（好痛）。

〈傳說中的男人〉敘述編輯爲了拿到暢銷作家的稿子，可以卑躬屈膝到無所不用其極（好想見識一下）；〈夢寐以求的影劇改編〉反映出「影像化」在新銳作家眼中，事實與夢想形成的巨大落差；〈序口〉呈現出日本的作家交際文化，以及地位明確的金字塔社會（少年啊要立大志）；〈禍水〉指出「不適任編輯」無法對稿件提出建設性意見的問題；〈決選入圍作〉描寫工作失意的人，投稿新人獎入圍後尚未得獎即產生的諸多盤算心態（驚！）；〈小說雜誌〉以一連串犀利的對話，質疑「長篇連載」於小說雜誌是否必要；〈天敵〉讓作家反思，對於讀者意見要重視到何種程度（心有戚戚焉）；〈設立文學獎〉探討「優秀作品獎」應有的定位、選拔機制問題，及其對作家的重要性；〈推理特輯〉告訴作家，想嘗試未曾挑戰的風格，別拿截稿日做實驗（皮皮剉）；〈宣布封筆〉討論職業作家是否有所謂「退役」的狀態；〈戰略〉道出大家的心聲：書本的行銷手段或實際銷量，與內容好壞完全是兩回事（可惡！）；〈職業，小說家〉爲想當職業作家的人，點出應有的規劃與自律（又中了一箭）。

雖然有些許誇大，日本和台灣的情況也諸多不同，這些「祕辛」仍多少能解開許多讀者心中謎團，讓他們歡樂笑哈哈之餘，還能滿足對小說界的好奇心，寓「八卦」於樂（拜託別再來了，東野老師）。

除了搞笑，還有汗與淚

當然，縱使讀者並非業界人士，仍會覺得某幾篇「沒什麼笑點」。事實上，《歪笑》並不若前三作那般，篇篇都以「笑」爲目標。一些故事所帶來的，反倒是其他的情緒。像是〈小說雜誌〉、〈職業，小說家〉的親子之情，〈天敵〉、〈設立文學獎〉的夫妻（男女朋友）之情，諸多像是人間劇場的橋段充斥整部作品。這些情緒被渲染的同時，該篇的意旨也隨之浮現，而穿梭其中的共同角色：編輯獅子取、小堺、青山、作家熱海、唐傘、寒川與大凡均一，以及作家女友元子，更是點綴情感，任其豐沛的關鍵人物。

其中的熱海與唐傘，更是互成對比。熱海只會寫老派的仿冷硬派作品，性格驕矜而好面子，容易被樂事沖昏頭，在編輯眼中缺乏才能的他，每一次互動都令人啼笑皆非，典型的喜劇甘草人物；唐傘身爲眾所矚目的本格派新希望，個性謙虛而不失企圖心，自律且積極進取，是充滿正面能量的上進青年。

若將「搞笑」與「感動」視爲東野試圖融合的舊、新元素，那麼熱海與唐傘，便是兩種元素的代表人物。（有趣的是，比較兩人的筆名，反而後者才像是搞笑的一方）作者利用角色的對照，延續他在《新參者》之後經常納入的人情描寫，讓讀者在本書除了笑料之外，還額外感受到汗水與淚水。

虛與實的相互輝映

共同角色之外，《歪笑》還有一些看了令人會心一笑的名字。

像是取自本書日文出版社「集英社」的灸英社。親切的前輩玉澤義正即是東野前一任的日本推理作家協會會長「大澤在昌」（日文漢字「正」與「昌」同音）。至於明星木林拓成、松崎羅羅子、作家深見明彥、長良川永良（長良川ナガラ）、糸辻竹人，一定也有讀者知道他們是參考現實中的誰吧？

這是東野身為作者的玩心。透過已有固定形象的現實人物，將小說角色藉由姓名產生連結，可讓讀者更容易想像該角色的舉手投足與行文作風。

既然是走諧擬路線，會有此作法也很正常，但這畢竟是「偷吃步」，並不適合常用。事實上，比起與「現實」連結，本書更著重於「虛構」塑造，體現的元素便是書中出現的諸多小說。如熱海的《擊鐵之詩》、《狼的獨旅》與《去問子彈與玫瑰吧～擊鐵之詩2》，唐傘的《虛無僧偵探佐飛》與《磚瓦街諜報戰術奇姆科》，大凡的《深海魚的皮膚呼吸》，以及其他一看書名，就令人感到好奇的作品……

不僅是書名，東野還為這些書添加外在描述，像是「仿冷硬的搞笑小說」、「世界觀奇特的本格不合牌理推理」、「毫無華麗之處的樸實之作」……這樣的設定構成「傳說」——小說中的角色讀過，只有讀者讀不到。這必定引發讀者的心癢難耐，想知道更多資訊，無形中便成了一種「飢餓行銷」的擬似效果，推動讀者繼續閱讀。

此種手法不僅是吸引讀者的工具，更成爲揭示伏筆的手段。東野於書末特地安差的「僞」書訊廣告，明示了兩位作家日後的文學獎道路，將「喝采」與「惋惜」兩種情緒灌入讀者心中，算是利用小說廣告頁的趣味設計。

然而，讀者最終只是收到那些書的「資訊」，無法讀到內容，此種情緒得不到滿足，便會轉化爲對實體小說的期盼，「東野老師，我想看《虛無僧偵探佐飛》，請趕快寫出來！」（老師，您這是挖坑給自己跳啊）

面對書迷的無理要求，究竟作者會不會寫呢？讓我們拭目以待。

本文作者介紹

本名王建閔，推理作家，台灣推理作家協會理事。收到本書的解說邀請，每讀幾篇就心虛一次，讀完後決心早點寫文，不要給編輯添麻煩，卻又不知不覺拖欠了稿子。

熱海圭介作品

炎英社文庫　好評舊作

擊鐵之詩

高樓空中別墅的狙擊事件頻傳。獨來獨往的刑警．鄉島巖雄與黑手黨接觸後，查明事件背後潛藏著世界級犯罪組織。於是鄉島從美軍基地盜出攻擊直升機，獨自闖入祕密組織。第十二屆小說炎英新人獎得獎作。

狼的獨旅

前格鬥家劍崎剛在比賽中失手殺死對手，此後一直持續著流浪之旅。一天，他撿到裝著一封信的瓶子，那是往日的戀人瑪麗亞所寫的信。得知她被祕密組織抓住，劍崎獨自闖入祕密組織。

去問子彈與玫瑰吧～擊鐵之詩2

警察廳國家情報局的密碼翻譯機遭人盜走。由於推測這樁犯罪有神祕祕密結社牽涉在內，獨來獨往的前刑警．鄉島巖雄借用黑手黨的力量成立私人軍團，斷然向祕密結社的要塞發動總攻擊，然而敵方在國會議事堂下方卻藏有軍用列車。日本的命運將會如何？

唐傘散華作品

炙英社文庫　好評舊作

虛無僧偵探佐飛

小鎮疑似發生殺人案，卻找不到屍體。隔天起，虛無僧陸陸續續來到這個小鎮。他們口中像是念咒一般的那句「佐飛，莫要欺人」有何涵義？驚天動地的高潮等在前頭，第一屆炙英新人獎得獎作。

磚瓦街諜報戰術奇姆科

時值明治時代。本應從美國運到陸軍省的新型炸彈遭火車劫匪盜走，犯人是原為武士的恐怖分子。內務省特務局察覺到他們的目標在於鹿鳴館，於是派出一名身為忍者後代的男人成為暗中活動的間諜。忍術「奇姆科」的真面目是？

魔境密探力士踏上土俵

時值明治。正在異國日本旅行的美國大使的女兒斷了音信；另一方面，大麻開始在東京流行。根據大使的女兒所寫的最後一封信，內務省特務局盯上一個村落，於是假借相撲巡迴演出的名義，命令數十名肥碩間諜潛入。第一百三十五屆直本獎得獎作。

家圖書館出版品預行編目資料

歪笑小說／東野圭吾著；陳姿瑄譯. -- 初版. -
台北市：獨步文化：家庭傳媒城邦分公司發
行，2015〔民104〕
　　面；　公分. --（東野圭吾作品集；
38）
　譯自：歪笑小說
　ISBN 978-986-5651-13-8（平裝）

東野圭吾作品集38 歪笑小說

原 著 書 名／歪笑小說
原 出 版 社／集英社
作　　　者／東野圭吾
翻　　　譯／陳姿瑄
責 任 編 輯／詹凱婷
編 輯 總 監／劉麗真

發　行　人／涂玉雲
榮 譽 社 長／詹宏志
總　經　理／陳逸瑛
出　　　版／獨步文化
城邦文化事業股份有限公司
104台北市中山區民生東路二段141號5樓
電話：(02) 2500-7696　傳真：(02) 2500-1967
發　　　行／英屬蓋曼群島商家庭傳媒股份有限公司
城邦分公司
104台北市中山區民生東路二段141號2樓
讀者服務專線：(02) 2500-7718; 2500-7719
24小時傳真服務：(02) 2500-1990; 2500-1991
服務時間：週一至週五上午09 : 30-12 : 00; 下午13 : 30-17 : 00
讀者服務信箱E-mail：service@readingclub.com.tw
劃 撥 帳 號／19863813
戶　　　名／書虫股份有限公司

香港發行所／城邦（香港）出版集團有限公司
香港灣仔駱克道193號東超商業中心1樓
電話：(852) 25086231　傳真：(852) 25789337
E-mail: hkcite@biznetvigator.com
馬新發行所／城邦（馬新）出版集團　Cité (M) Sdn. Bhd.
41, Jalan Radin Anum, Bandar Baru Sri Petaling,
57000 Kuala Lumpur, Malaysia.
電話：(603) 90578822　傳真：(603)90576622
E-mail：cite@cite.com.my

封 面 設 計／江欣蓓
排　　　版／游淑萍　0912899095
印　　　刷／中原造像股份有限公司
□2015年（民104）2月初版
□2019年（民108）6月20日初版9刷
售價／300元

Printed in Taiwan

城邦讀書花園
www.cite.com.tw